KB115304

변혁
1990

14

천지무천 장편소설

FUSION FANTASTIC STORY

변혁 1990 14권

천지무천 장편 소설

초판 1쇄 찍은 날 § 2015년 10월 1일
초판 1쇄 펴낸 날 § 2015년 10월 8일

지은이 § 천지무천
펴낸이 § 서경석

편집책임 § 한준만

펴낸곳 § 도서출판 청어람
등록번호 § 제1081-1-89호
등록일자 § 1999. 5. 31
어람번호 § 제1-2245호

주소 § 경기도 부천시 원미구 심곡2동 163-2 서경B/D 3F (우-) 420-822
전화 § 032-656-4452 팩스 § 032-656-4453
http://www.chungeoram.com
E-mail § chungeorambook@daum.net

ISBN 979-11-04-90438-7 04810
ISBN 978-89-251-3388-1 (세트)

변혁
1990

천지무천 장편소설

14

FUSION FANTASTIC STORY

CONTENTS

Chapter 1

새 학기가 시작되는 것과 맞물려 각 회사들도 바쁘게 돌아갔다.

명성전자는 구로공단 내에 매물로 나온 동성제약 공장의 인수를 순조롭게 진행하였다.

이미 컴퓨터 조립과 블루오션의 무선호출기 조립만으로도 명성전자 자체에서 수용할 수 있는 생산라인이 한계에 달해 있었다.

블루오션에서 예측했던 것보다 재즈(Jazz)—1의 판매가 올해 들어 2배 이상 늘었던 것도 크게 한몫했다.

공장 인수 자금은 최종 88억 원이 소요되었다.

명성전자 내의 여유 자금 40억과 러시아와 국내에서 금괴를 처분한 돈 35억, 그리고 주식을 처분한 13억 원으로 대금을 지급했다. 덩치가 크다 보니 매수자가 쉽게 나오지 않아 거래가보다 조금 싸게 매입할 수 있었다.

은행이나 외부에서 돈을 끌어다 쓰는 것을 나는 원치 않았다. 빚을 지지 않는 무차입경영은 모든 회사에 적용하고 있었다.

명성전자 제2공장은 제약회사였기에 일반제조 공장보다도 주변 환경이나 건물이 깨끗했다.

새롭게 생산라인을 설치하는 비용은 5억 정도의 예산이 필요했다.

5억은 명성전자에서 자체적으로 충분히 감당할 수 있는 비용이었다.

생산라인은 재즈—1을 조리하는 라인부터 먼저 꾸리기로 했다.

현대전자와 납품계약을 맺은 상황에서 주문이 폭주하기 시작했다.

모든 것은 삼박자가 맞아 들어간 덕분이었다.

현대전자라는 대기업의 명성과 현대전자에서 내보낸 광고 효과, 그리고 재즈—1을 사용했던 사람들의 입소문이 퍼

졌기 때문이다.

재즈-1은 주로 20~30대 젊은 층이 많이 찾는 무선호출기였다. 한 신문사에서 기획시리즈로 진행되고 있는 이달의 디자인상을 받기도 했다.

여러 가지 주변 상황들이 재즈-1에 유리하게 전개되었다. 다음 달이면 재즈-2까지 시장에 선보일 수 있었다.

재즈-1의 부족한 부분을 채운 재즈-2도 시장의 돌풍을 일으키기에 충분했다.

크기는 더 작아졌으며 다양한 색상과 귀여운 디자인으로 액세서리 부분이 더욱 강조된 제품이었다.

경쟁 회사의 모방을 방지하기 위해서 철저한 보안을 유지하면서 제품을 개발했다.

디자인적인 부분에 있어 닉스 디자인팀의 도움을 받으면서 제품을 개발을 진행했었다. 시대적으로도 다른 제품보다 2~3년이 앞선 디자인이었다.

아직은 시장에서 인지도가 낮은 블루오션은 대기업의 제품보다 앞서나갈 수 있는 것은 오로지 디자인이었다.

명성전자의 제2공장은 'ㄷ' 형태의 건물이었다.

"오른쪽은 블루오션에서 나오는 제품을 생산할 예정입니

다. 왼쪽 건물은 상황을 봐가면서 생산라인을 증설할 생각입니다."

이번에 차장으로 승진한 기획부의 홍성택 차장의 말이었다.

홍성택 차장이 생산라인 증설공사의 책임을 지고 있었다.

나는 한창 생산라인 공사가 진행 중인 제2공장을 둘러보고 있었다.

"사무실은 고칠 부분이 없을 것 같네요."

"예, 특별히 고칠 부분은 없습니다. 화장실 부분만 공사할 예정입니다."

"직원들의 식사는 어떻게 할 생각입니까?"

이곳에는 구내식당이 없었다.

직원들이 기존의 명성전자 공장의 구내식당까지 와서 식사하려면 걸어서 왕복 15~20분이 소요되었다.

왔다 갔다 하는 것도 비효율적이었고 직원들의 휴식시간을 빼앗는 일이었다.

이전의 동성제약 직원들은 공방 주변에 있는 식당을 이용했다.

"우선 식권으로 주변 식당을 이용하게 할 생각입니다."

"식당 밥은 어떻습니까?"

"아직 먹어보지 않아서…… 죄송합니다."

홍성택 차장이 말을 흐리다 바로 고개를 숙였다.

30대 후반인 그는 나를 어려워했다.

나는 일반직원들에게는 허물없게 대했지만, 직책을 가진 직원들에게는 관대하지 못했다.

직책에 따른 대우와 급여는 어떤 회사보다 잘해주었지만, 그에 따른 책임 소재는 반드시 물었다.

"회사 내에서 잘 보여야 할 사람은 제가 아닙니다. 회사를 위해서 열심히 일하는 생산직 직원들입니다. 가시죠, 저도 마침 배가 출출하니까요."

"예, 앞으로 이런 일이 없도록 하겠습니다."

공장 주변에는 직원들이 이용할 수 있는 네 곳의 식당이 있었다.

두 군데는 이십여 명 정도가 식사할 수 있었고 한 곳은 삼십여 명이 한꺼번에 식사할 수 있는 식당이다.

마지막 식당은 제일 작아 일고여덟 명이 간신히 들어가는 곳이었다.

명성전자 제2공장처럼 공장 내에 자체적으로 구내식당을 운영하지 않은 공장들이 주변에 많았다.

점심시간이면 네 곳의 식당은 밥을 먹으려는 사람들로 북새통을 이루었다.

점심때를 지나 오후 1시가 가까워서 그런지 자리가 있었다.

나는 그중 제일 큰 식당인 진미식당에 들어가 식사를 했다. 함께 식사를 한 직원은 생산직 팀장을 비롯하여 네 명이었다.

식당에서 가장 인기가 있다는 불고기 백반을 시켰다.

"조금씩만 드세요. 네 군데 식당에서 식사를 다 해볼 것입니다. 밥맛하고 밑반찬도 어떤지 잘 평가하세요."

내 말에 함께한 직원들은 알아서 식사량을 조절했다.

불고기 백반은 생각보다 별로였다. 값싼 고기를 사용하고 조미료로만 맛을 낸 음식이었다.

밥도 퍼석하고 윤기가 없었다. 딸려 나온 밑반찬도 입맛에 맞는 것이 없었다.

공장 주변이란 특성 때문에 먹을 곳이 마땅치 않다 보니 맛이 떨어져도 어쩔 수 없이 사 먹는다고 봐야 했다.

나머지 식당도 별반 다르지 않았다.

맛보다는 빠르게 식사를 할 수 있도록 나오는 메뉴가 대부분이었고 밑반찬도 부실했다.

마지막으로 가장 작은 식당인 제일식당으로 들어섰다.

1시가 넘은 시간인데도 사람들이 많아 좌석이 없었다. 다행히 밥을 먹고 일어서는 사람들이 있어서 자리에 앉을 수 있었다.

메뉴는 된장찌개와 김치찌개, 순두부, 그리고 돼지고기 볶음이 전부였다. 다른 곳에 비해서 메뉴가 단순했다.

저녁때는 삼겹살도 판매한다고 쓰여 있었다.

한가한 시간대가 되자 우리는 모든 메뉴를 하나씩 시킬 수 있었다.

주문한 음식이 나오자 다른 곳보다 정성이 들어간 것이 눈으로 보였다.

내가 주문한 순두부를 떠먹어 보았다.

"맛이 있는데요."

배가 조금은 부른 상태였지만 다른 식당과 달리 맛이 있었다.

나오는 밥과 밑반찬도 정갈하고 맛깔스러웠다.

다들 각자가 주문한 음식을 맛본 직원들도 고개를 끄떡였다.

"정말 괜찮은데요."

"다른 식당하고 전혀 딴판입니다."

직원들 모두가 맛있다는 표정이었다. 점심시간이 끝나갈 시간까지 사람들이 몰린 이유가 있었다.

하지만 문제는 밥을 먹을 수 있는 장소가 너무 협소하다는 것이다.

테이블과 간이탁자를 포함해서 식사할 수 있는 인원은

여덟 명이 최대였다.

적어도 삼십 명 이상이 근무하게 될 명성전자 제2공장의 직원들이 이용하기에는 불편할 것이 분명했다.

더구나 명성전자 직원들만 식사할 수 있는 곳도 아니었다.

"맛은 이곳이 최고인데, 메뉴하고 장소가 문제네요."

제일식당이라고 이름 붙인 이 식당은 오십 대 부부가 운영하고 있었다.

"다른 공장의 직원들도 음식 때문이 아니라 시간 때문에 다른 식당을 이용하는 것 같습니다. 더구나 아무리 맛이 있어도 자주 먹으면 질리기도 하고요."

홍성택 차장의 말이 맞다.

음식이 맛이 있어도 한 음식만을 계속 먹게 되면 질리게 되어 있다. 메뉴는 네 가지였지만 몇 주 동안 계속 먹게 되면 다른 음식이 생각날 것이 분명했다.

"방법이 없을까요?"

제2공장 내에 구내식당을 만들기에는 건물 구조나 장소가 마땅치 않았다.

아예 처음부터 건물을 다시 짓기 전까지는 말이다.

"아까 들어올 때 보니까, 뒤편에 공터가 있어 식당을 넓힐 수도 있을 것 같던데요?"

함께 식사하고 있는 생산팀의 최찬규 대리의 말처럼 식당 뒤쪽에 열 평 정도 되는 공터가 있었다.

식당을 넓히면 적어도 열다섯 명 정도가 동시에 식사할 수 있는 공간이 나올 것 같았다.

"그러면 우리가 공터에 식당을 대신 넓혀주고 우리 직원들을 먼저 이용할 수 있게 해주면 괜찮을 것 같은데요? 명성전자 직원들이 식사를 끝내면 다른 공장의 직원들도 이용하면 되고요."

"괜찮은 방법인 것 같습니다."

내 말에 홍성택 차장이 찬성했다. 다른 직원들도 내 의견이 최고의 방법인 것 같다는 말을 했다.

"사장님, 잠깐 말씀 좀 나누실까요?"

식사를 끝낸 테이블의 접시를 치우고 있던 남자 사장을 불렀다.

"뭐, 부족한 것이라도 있습니까?"

"아니요. 음식이 참 맛있습니다. 한데 식당이 무척 좁은데 식당을 넓히시지 않나요? 뒤쪽에 보니 공터가 있던데."

"감사합니다. 식당이 좁긴 하죠. 뒤편 공터도 있고 해서 넓히고 싶지만 저희가 그럴만한 돈도 없고, 땅도 저희 땅이 아니라서요."

뒤쪽 공터는 애매한 위치 때문에 매매가 이루어지지 않았다. 땅 주인은 제일식당 건너편에 위치한 광명지기라는 박스공장이었다.

광명지기 입장에서도 길 건너편의 조각난 땅을 이용하기가 모호했다. 사람이 지나다닐 수는 있어도 차가 지나다니기에는 식당 때문에 불가능했다.

이래저래 활용도가 적은 땅이었다.

"그래서 말인데, 저희가 이번에 동성제약 공장을 인수해서 공사하고 있습니다. 문제가 직원들이 식사하는 곳이 마땅치가 않아서……."

식당 사장에게 내가 생각하고 있는 계획을 설명해 주었다.

"저희야 그러면 좋죠. 사실 점심장사로 먹고사는데, 손님이 앉을 자리가 적어서 겨우 입에 풀칠하고 있습니다. 사장님의 말씀처럼만 된다면야 식당 메뉴를 더 늘릴 수도 있습니다."

제일식당의 음식은 맛이 있기 때문에 자리만 늘어도 수입이 크게 늘 것이 분명했다.

"그럼 저희가 땅 주인을 만나 이야기를 해보겠습니다. 그러면 방금 말씀드린 것처럼 건축 비용을 저희가 부담하고 식대는 천 원 싸게 받으시면 됩니다. 우리 직원이 먼저 식사하고 나면 다른 손님을 받으시고요."

건축 비용을 식사 비용에서 장기적으로 해결하는 걸로 했다.

"예, 저희는 그렇게만 된다면 아주 좋습니다."

제일식당 주인은 고개를 숙이며 내 말에 크게 만족해했다. 땅 문제를 해결해야 했지만 크게 문제될 것이 없어 보였다.

땅을 빌리든 아니면 명성전자에서 매입해도 괜찮을 것 같았다.

"그럼 진행하겠습니다."

식당을 나선 나는 곧장 광명지기와 접촉을 하라고 홍성택 차장에게 지시했다.

직원들이 일을 열심히 할 수 있는 환경을 만들어 주는 것이 대표의 의무라고 생각하고 있었다.

직원들이 행복하고 힘을 내야 회사도 성장해 나갈 수 있다.

광명지기는 우리의 제안을 흔쾌히 받아들였다. 땅을 빌리는 것보다 인수하기로 했다.

광명지기도 땅을 놀리지 않기 위해 제일식당을 인수해 주차장으로 만들 계획을 했었지만, 제일식당 주인이 팔지 않았다.

제일식당이나 광명지기에게나 애물단지 같은 땅이었었다.

식당을 만들 땅은 3천만 원에 매입했다.

인수 목적을 명확하게 밝히자 시세보다 훨씬 저렴한 가격에 인수할 수 있었다.

애매한 땅을 이용해 식당을 넓히게 되면 제일식당 건너편에 있는 광명지기의 직원들도 식사를 원활하게 할 수 있었다.

땅의 매입이 이루어지는 날 바로 공사에 들어갔다.

생산라인의 공사가 끝나는 날에 맞추어서 식당 공사도 끝마치기로 했다.

제일식당과도 계약서를 작성했다.

일주일에 세 번은 직원들에게 백반 형태의 음식을 제공하고 금액은 약속한 대로 천 원을 싸게 받는다. 또한 명성전자 직원들이 우선으로 식사를 끝내야 다른 공장의 직원을 받을 수 있었다.

대신 땅의 지세를 받지 않고 새로 짓는 식당은 무상으로 대여해 주는 형식을 취했다.

계약서에는 약속대로 이행하지 않으면 식당을 회수할 것임을 명시했다.

직원들의 복지를 고려하여 이러한 배려를 하는 회사는

구로공단 내에서 찾기 힘들었다.

이러한 일이 외부로 알려지자 제2공장에서 일하게 될 명성전자 직원들의 사기 진작은 물론이고, 신규 생산직 신입사원 모집에 경험이 풍부하고 실력이 뛰어난 사람들이 많이 응시했다.

명성전자의 발전성과 올바르게 변해가는 모습이 사람들을 끌어들였다.

사람이 중심이 되는 기업으로 명성전자는 서서히 자리매김해 가고 있었다.

*　　　*　　　*

블루오션에서 재즈-2의 출시에 관련된 회의를 하고 있을 때에 전화가 걸려왔다.

블라디보스토크에 머물고 있는 블라노브치에게서였다.

―자네가 부탁한 물건을 오늘 부산으로 실어 보냈네.

블라디보스토크역에서 총상을 입고 체포된 국가안전기획부 요원을 말하는 것이었다.

"감사합니다. 제가 찾아뵙겠습니다."

―그러게나. 자네하고 사업을 위해 나눌 이야기도 있고하니 말이야. 언제 올 텐가?

"이번 달 말에 찾아뵈겠습니다."

─알았네.

딸각! 뚜─ 우우!

전화가 끊겼다.

블라노브치는 허튼소리를 하는 인물이 아니었다.

어떤 방법으로 일을 처리했는지는 알 수 없었지만, 블라디보스토크에서 그의 위상이 어느 정도인지 다시 한 번 알게 하는 일이었다.

수화기를 다시 들고는 번호를 눌렀다.

신호음이 몇 번 울리더니 수화기 너머로 굵은 남자 목소리가 들렸다.

─박영철입니다.

박영철 차장이 알려준 직통전화였다.

"강태수입니다. 방금 러시아에서 연락이 왔습니다."

─성공한 것입니까?

박영철은 조금 흥분된 목소리로 되물었다.

"오늘 부산으로 실어 보냈다고 합니다."

─정말 고맙습니다. 이번 일은 절대로 잊지 않겠습니다.

"이런 일은 두 번은 할 수 없습니다. 운이 아주 좋았습니다."

안기부 요원이 입원한 곳이 블라디보스토크에 위치한 병원이 아니었다면 불가능한 일이었다.

─물론입니다. 제가 한번 찾아뵙겠습니다.

"예, 수고하십시오."

마음속에 부담되었던 일이 잘 풀려서 다행이었다. 이래저래 신경이 쓰였던 일이었었다.

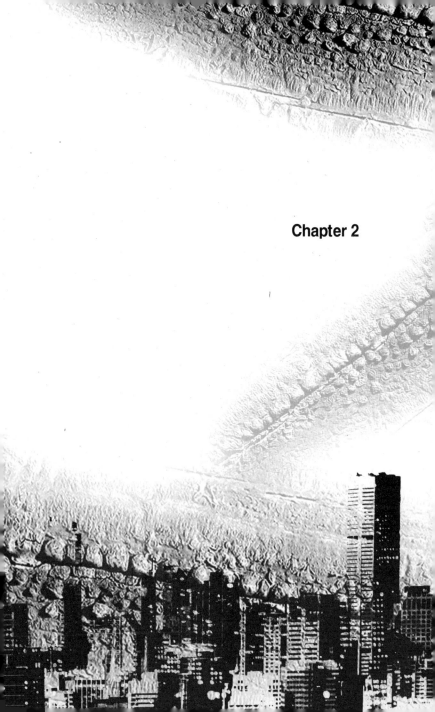

Chapter 2

　필립스코리아의 2월과 3월 무선호출기의 실적이 1월보다 3%와 4%씩 연속해서 떨어졌다.

　작년부터 꾸준하게 성장을 해오던 상황에서 두 달 연속 성장세가 꺾인 이유는 경쟁 회사에서 새로운 무선호출기가 나온 것도 있었지만 가장 큰 이유는 블루오션의 재즈—1 때문이었다.

　재즈—1이 현대전자의 이름을 달면서 판매량이 급속하게 늘었다.

　무선호출기 시장에서 뒤처져 있던 현대전자가 재즈—1을

필두로 하여 자사 무선호출기까지 공격적인 마케팅을 펼치
자, 비슷한 구매 성향을 보였던 필립스코리아의 무선호출기
판매량이 떨어진 것이다.

블루오션처럼 필립스코리아의 무선호출기 또한 주로 20
~30대가 주로 찾았다.

심각한 표정의 필립스코리아의 박명준 사장이 영업이사
의 보고를 묵묵히 듣고 있었다.

"저희 신제품이 풀리는 이번 달 말부터는 달라질 것입니
다."

"블루오션에서는 새로운 제품이 출시 안 되는 것입니
까?"

불만족스러운 표정의 박명준이 물었다.

"아직 파악되지 않았습니다. 다른 회사와 달리 신제품에
대한 홍보를 미리 하지 않고 있습니다. 연구소의 추측으로
는 2~3개월 후에나 신제품이 나올 걸로 보고 있습니다."

"기술력 때문인가요?"

"예, 다른 기업에 비교하더라도 연구 인력이 부족하고 확
보한 기술도 저희 연구 인력들보다 떨어질 거라는 예측입
니다."

박명준의 표정을 살피며 영업이사는 조심스럽게 말했다.

"그래서 재즈—1이 우리 제품보다 시장에서 호평을 받고

있습니까?"

박명준의 말에 영업이사는 꿀 먹은 벙어리가 되었다. 현재 필립스코리아의 3종류의 마하시리즈가 재즈—1보다 판매가 뒤처지고 있었다.

재즈—1의 판매로 인해 시장점유율에서도 모토로라와 삼성전자 다음으로 현대전자가 올라섰다.

하지만 현대전자에 납품한 무선호출기와 블루오션의 이름을 달고 판매하는 재즈—1을 합하면 삼성전자와 비슷한 수준이었다.

모토로라는 40대와 50대에서 가장 많은 선호도를 차지했다.

"그건 블루오션의 디자인 지금까지 나온 무선호출기 제품에 비해서……."

박명준의 말에 영업이사는 말을 잇지 못했다.

"그걸 지금 말이라고 합니까? 블루오션보다 더 많은 연구 인력과 연구개발비를 쓰면서 작은 중소기업에 밀린다는 게 말이 된다고 생각합니까? 생각을 좀 바꾸세요."

연구소장이 들어야 할 이야기를 영업이사가 듣고 있었다. 필립스코리아의 연구소장은 현재 미국에 출장 중이었다.

"저도 그 점에 대해선 할 말이 없습니다."

영업이사는 고개를 숙이며 말했다.

"마하―II의 출시일은 언제로 잡고 있습니까?"

필립스코리아가 시장 점유율을 높이기 위해 기능과 디자인을 개선한 마하―II를 준비하고 있었다.

또한 가격도 기존의 마하시리즈보다 1~2만 원 적게 책정했다.

블루오션의 재즈―1이 아니었다면 기존보다 가격을 2~3만 원 더 받을 계획이었다.

신문과 TV 방송에도 광고를 준비 중이었다.

"이번 달 말로 잡고 있습니다."

2주 후였다.

"다음 주로 갑시다."

박명준은 한 주라도 빨리 시장에 출시하고 싶어 했다.

"아직 광고 준비가 다 끝나지 않았습니다."

"신문광고만 우선 내보내고 시장의 반응을 살피면서 TV 광고의 시점을 보는 것도 괜찮을 것 같다는 생각이 듭니다. 월말에는 다른 회사에서도 신제품이 나오는데 우리 제품과 겹치는 게 많다는 것이 좀 걸려서 그렇습니다."

"알겠습니다. 그럼 우선 공장에 연락을 취해보겠습니다."

"이번 달은 어떻게든 전달의 부진을 만회해야 합니다. 분

기별 그룹 보고에서 내년 승진이 결정됩니다."

영업이사인 최기문과 연구소장이 내년에 전무 승진을 바라보고 있었다. 박명준도 자기 밑에 있는 두 사람 중 하나를 전무로 승진시키고 싶어 했다.

"사장님이 염려하지 않게끔 최선을 다해 좋은 성과를 올리겠습니다."

"반드시 그래야 합니다. 필립스코리아가 대산그룹의 중추가 되어야 나를 비롯한 최 이사도 빛을 볼 수 있습니다."

"예, 실적으로 말하겠습니다."

최기문은 박명준의 말뜻을 충분히 이해했다.

최기문이 사장실을 나가자 박명준은 한동안 피지 않았던 담배를 입에 물었다.

"후! 느낌이 좋지 않아."

담배 연기를 뿜어내며 창밖을 바라보는 박명준의 표정에 그늘이 보였다. 한국의 내로라하는 대기업들이 통신기기사업에 뛰어들고 있었다.

새로운 먹거리를 찾는 기업들에게 통신 사업은 상당히 매력적인 사업이었다. 더구나 정부에서도 적극적으로 지원하며 육성하는 분야였다.

"블루오션을 너무 과소평가했어."

박명준은 모토로라와 삼성전자 그리고 럭키금성을 신경

썼었다.

재즈—1에 대한 시장의 반응도 잠시 동안만 이어질 줄 알았다.

하지만 다른 제품들과 달리, 해가 지날수록 시장의 반응은 더 뜨거웠고 젊은 층에 가장 인기를 끄는 제품이었다.

'어떻게 어린 나이에 여러 회사를 이끌어 갈 수 있을까? 내가 그 나이 때에는⋯ 후후! 우습군, 고작 스무 살 먹은 애송이에게 라이벌 의식을 느끼다니.'

박명준은 다시 한 번 담배를 길게 내뿜으며 머릿속의 생각을 정리했다.

지금은 필립스코리아의 마하—II가 성공적으로 시장에 진입하는 게 가장 중요했다.

*   *   *

블루오션과 명성전자의 관계자들과의 회의를 마치고 닉스 본사가 있는 신사동 가로수길로 향했다.

새로운 닉스 본사 건물에 위치한 카페에는 항시 사람들로 붐볐다.

시중에서는 쉽게 접할 수 없는 독특한 인테리어와 전 세계 최신 유행의 흐름을 알 수 있는 잡지와 함께 파리와 밀라노에서 열렸던 패션쇼를 상영했다.

또한 다른 한쪽에는 젊은 미술작가들의 작품들을 전시하는 공간을 마련해 놓았다.

이러한 모습에 닉스 매장을 방문했던 사람들이나 아예 멋진 카페만을 찾는 사람들로 붐비기 시작했다.

본사에 위치한 매장에서 닉스 신발을 구매한 사람들에게는 커피나 차를 공짜로 마실 수 있는 쿠폰을 주었다.

명실공히 닉스 본사는 가로수길의 유행을 이끌어가는 장소로 급부상했다.

닉스 본사를 방문한 이유는 일본 미쓰코시 백화점에 닉스 매장 공사가 마무리 단계에 있었기 때문이다.

또한 일본 공략을 위한 닉스의 또 하나의 모델인 슬램덩크의 작가 이노우에 다케히코와의 계약 때문이기도 했다.

나는 이노우에 다케히코에게 마이클 조던이 신고 경기를 하는 에어조던을 보냈다. 에어조던에는 마이클 조던의 친필 사인까지 들어 있었다.

그 또한 NBA 농구를 무척 좋아하고 마이클 조던의 팬이었다.

이노우에 다케히코가 그린 슬램덩크의 그림 중에는 NBA 경기 중에 일어났던 멋진 장면을 그대로 담은 그림이 여럿 되었다.

이러한 정성이 통했는지 이노우에는 슬램덩크에 나오는 인물들을 사용할 수 있는 계약을 허락했다.

요구 조건 중 에어조던 시리즈가 나올 때마다 마이클 조던의 친필 사인을 해서 보내주는 조건이 있었다.

물론 충분히 가능한 조건이었다.

미쓰코시 백화점에 매장이 완공되는 시점에 맞추어 이노우에에게 강백호가 마이클 조던과 맞대결하는 대형그림을 그려달라고 요청했다.

마이클 조던은 사진으로, 강백호는 그림으로 서로가 마주 보며 공격과 수비를 하는 모습을 각각 상반되게 프린트하여 미쓰코시 백화점과 중요 건물에 대형 현수막으로 걸어놓을 계획이다.

닉스의 에어조던을 신은 농구황제와 만화 속 주인공이 대결하는 모습은 보기만 해도 멋질 것이다.

강백호만이 아니라 서태웅과 정대만 같은 슬램덩크에서 비중 있는 인물들에게도 에어조던을 신겨 젊은이들이 많이 찾는 아키하바라와 긴자거리마다 붙여놓을 생각이다.

일본에 맞는 마케팅의 일환이었다.

이미 한국에는 마이클 조던의 사진을 매장마다 사용하고 있었다.

에어조던을 신은 마이클 조던의 사진이 등장하자 닉스

농구화의 매출은 가파르게 상승했다.

다른 경쟁업체와 비교해서도 농구화의 매출은 두 배가 넘게 차이를 보이고 있었다.

"신발은 일본으로 모두 보냈습니까?"

"예, 오늘 모두 받았다는 연락을 받았습니다."

닉스에서 영업을 담당하는 김상민 과장의 말이었다.

"광고현수막 준비는 어떻게 되어가고 있습니까?"

"이노우에 다케히코 씨에게서 그림을 넘겨받아 보정작업을 진행하고 있다고 합니다. 다음 주면 계획했던 곳마다 현수막과 사진이 걸릴 것입니다."

"마지막까지 신경을 써야 합니다. 적지 않은 돈을 들여서 일본을 공략하는 이유가 있는 것입니다."

일본은 자국브랜드에 대한 충성도가 다른 나라보다 높았다. 또한 한국 제품에 대한 인식도 높은 편이 아니었다.

이래저래 한국 공산품이나 제품이 일본 현지에서 성공한 사례가 전혀 없었다.

이번 광고가 성공한다면 닉스가 그 첫 번째 사례를 만든 회사가 될 것이다.

"예, 박수철 대리와 유현석 대리가 현지에서 열심히 뛰고 있습니다."

영업부와 디자인센터에 근무하는 두 대리가 현지에 출장

을 간 상태였다. 두 사람 다 능력 있고 책임감이 강한 인물들이었다.

현지에서 모집한 판매직원들도 경험이 풍부한 인물로 뽑았다.

모두 다섯 명으로 재일교포 출신을 우선하여 선발했다.

대한민국의 상품도 일본에서 통할 수 있다는 것을 재일교포들에게 보여주고 싶은 마음이 강했다.

"현지에서도 열심히 해야 합니다. 김상민 과장님이 하루하루 진행 상황을 수시로 체크하시기 바랍니다."

"예, 바로 보고드릴 수 있도록 하겠습니다."

내가 얼마나 일본에 신경을 쓰고 있는지 김상민 과장도 알고 있었다.

김상민 과장이 보고를 마치고 대표실을 나가자 나는 아래층에 있는 디자인센터로 향했다.

디자인센터로 들어가기 위해서는 비밀번호와 함께 직원용 출입카드가 있어야 했다. 또한 디자인센터 입구에 상주하고 있는 경비원의 확인을 받고 들어가야만 했다.

외부인은 디자인센터에 절대로 들어갈 수 없었다.

닉스의 다른 부서 직원들도 특별한 경우가 아닌 상황에서는 디자인센터로 들어갈 수 없었다.

닉스의 저력은 디자인센터에서 나왔기 때문이었다.

디자인센터에는 삼십 명이 넘는 인원이 근무하고 있었다. 새롭게 뽑은 신입사원들의 교육이 끝나고 합류하게 되면 디자인 센터는 사십 명의 인원으로 늘어난다.

각 팀으로 나누어진 디자인 센터는 본사에서 가장 넓고 자유로운 공간이 되어 있었다.

디자인에 관련된 각종 자료와 서적들이 디자인센터 도서실에 빼곡하게 자리를 잡고 있었다. 또한 각 팀은 자신들이 원하는 스타일로 일하는 공간을 꾸몄다.

디자인센터는 본사 건물의 2~3층을 사용했다. 내부에서 3층으로 올라갈 수 있는 계단이 별도로 있었고 3층에서 2층으로 내려오는 미끄럼틀까지 설치되어 있었다.

휴식을 취할 수 있는 휴게실은 동굴로 꾸몄고, 잠을 잘 수 있는 수면실과 음악을 감상할 수 있는 공간까지 마련했다.

근무 중에 스트레스가 쌓이면 언제든지 지하에 마련되어 있는 헬스장을 이용할 수 있었고, 외부에 나가 영화를 보고 와도 말을 하지 않았다. 하지만 자신이 맡은 일에는 반드시 책임을 져야 했다.

내가 디자인센터에 들어서도 직원들은 자신이 하는 일에 신경을 쓸 뿐이었다. 누구도 나의 등장에 관심을 두거나 인사를 일부러 건네지 않았다.

디자인센터 내에서는 회사의 대표보다도 디자이너들이 최고였다.

나는 곧장 3층에 있는 센터장실로 향했다.

디자인센터장실은 회사 내에서 가장 넓고 좋은 독립된 사무실로 대표실보다도 좋았다.

닉스가 지원하고 나아가는 목표가 어디에 있는지 바로 보여주는 모습이었다.

다른 경쟁 회사에서는 전혀 꿈도 꿀 수 없는 일을 닉스는 하고 있었다. 아니 대한민국의 어떤 기업들도 추구하지 않는 일이다.

오로지 최고의 기술력만을 강조하고 세계 최초를 좋아하는 우리나라 기업 풍토에서 닉스는 한마디로 혁신이었다.

센터장실 안에서는 회의가 진행되고 있었다.

나는 지금 벌어지고 있는 회의에 참석하기 위해서 디자인센터로 내려온 것이다.

"내가 좀 늦었나 봅니다."

"아니에요. 대표님은 다른 일로 바쁘신데요, 시간에 너무 구애받지 마세요."

정수진 센터장이 미소를 지으며 맞이해 주었다.

오늘의 회의는 닉스의 새로운 브랜드인 닉스프리(NIX-Free)의 론칭에 관련된 일이었다.

서태지와 아이들의 데뷔에 맞추어 유행을 선도할 수 있는 신세대 개념의 스포츠웨어(운동복)를 선보일 예정이다.

그들을 통해서 대한민국에 스포츠룩의 유행을 이끌 생각이다.

스포츠는 인간의 동작 중에서 가장 격렬한 움직임을 요구한다. 따라서 스포츠웨어는 목적이나 용도별로 명확한 기능이 있어야 한다.

그뿐만 아니라 스포츠웨어는 단일 기능만으로는 부족하며 충격으로부터 신체를 지켜줄 수 있는 안전성을 겸비해야 한다.

거기에 아름답고 세련된 패션성까지 가미해야만 구매력을 높일 수 있다.

패션성이 깃든 스프츠웨어는 가격 면에서도 훨씬 부가가치가 높았다.

닉스프리는 이 점을 파고든 것이다.

센터장실 내에 있는 회의실에는 다섯 명의 팀장이 자리를 함께하고 있었다.

그 앞으로 샘플로 제작된 트레이닝복들이 마네킹에 입혀져 있었다.

내가 자리에 앉자 닉스프리를 담당하고 있는 김상희가 남녀 트레이닝복에 대해 설명을 시작했다.

시장에 스포츠웨어을 선보이기 위해서는 지금 자리를 함께하고 있는 디자인센터를 이끄는 다섯 명의 팀장들과 센터장 그리고 나까지 7명 중 과반수의 인원이 찬성해야만 했다.

닉스프리는 기존 브랜드들이 선보이고 있는 스포츠웨어보다 새롭고 디자인적인 감각도 뛰어나야 했다.

물론 품질도 우수한 것은 당연지사였다.

운동할 때는 물론 일상생활에서도 편하게 입고 다닐 수 있어야 했다.

닉스프리는 먼저 프리미엄급 스포츠웨어을 우선 선보일 생각이다. 다른 브랜드와 차별화를 먼저 시도한 후에 그 아래 단계의 제품들을 내보낼 것이다.

가장 먼저 열 개의 트레이닝복의 평가가 시작되었다. 트레이닝복의 색상과 디자인이 제각각이었다.

시대보다 너무 앞서 간 듯한 디자인도 있었고 한눈에 보아도 멋있다는 말이 나오는 스타일리쉬한 디자인도 보였다.

색상 또한 원색과 중간색들이 화려하게 쓰이면서도 색상배합이나 세부적인 조화에 세련미를 가했다.

최종적으로 트레이닝복을 입어보고 옷감의 질감도 느껴보았다.

"오! 정말 가볍고 편하네요."

"예, 격렬한 움직임일 때도 옷이 운동을 방해하지 않게 디자인되었습니다. 또한 최신 수용성 폴리에스테르를 사용해서 운동 중에 흘린 땀을 밖으로 배출합니다."

김상희의 설명에 입어본 트레이닝복이 더 마음에 들었다.

"게다가 여성용 트레이닝복은 팔 안쪽과 허벅지, 허리 등 운동을 하면서 신경 쓰일 수 있는 부위를 완벽하게 커버합니다."

김상희와 닉스프리를 준비했던 팀은 헬스장은 물론이고 국가대표 선수들이 운동하는 태릉선수촌까지 방문하여 스포츠웨어와 관련되어 선수들과 이야기를 나누었다.

또한 시중에 판매되는 스포츠웨어와 해외에서 인기를 얻고 있는 제품을 구매하여 꼼꼼하게 살폈다.

더구나 여자들이 운동할 때 움직이는 모습까지 자세히 연구했다.

이러한 노력으로 슬쩍 보이는 군살 부위를 자연스럽게 가리면서도 몸이 가장 예뻐 보이는 실루엣을 디자인할 수 있었다.

이런 섬세함으로 인해 어찌 보면 남자 스포츠웨어보다 여성용 스포츠웨어가 인기를 더 얻을 것 같다는 생각이 들었다.

나 또한 세대를 앞선 스포츠웨어의 특징 몇 가지를 알려주었다.

열 개의 트레이닝복의 평가가 끝나자 트레이닝복 안에 입을 수 있는 후드 티셔츠와 짧은 스판덱스 레깅스를 선보였다. 레깅스 옆쪽으로 굵은 선이 멋지게 이어져 있는 운동복이었다.

평가할 옷이 30여 가지가 넘었다.

3시간이 지나서야 모든 평가가 이루어졌다.

시장에 내어놓을 옷은 총 25가지였고 2종류는 디자인을 보강해서 내어놓기로 했다.

짧은 시간 동안 김상희와 함께한 팀이 디자인한 옷은 닉스가 신조로 삼고 있는 혁신과 창조를 보여주었다.

거기에 세련미와 대중성까지 갖추어진 옷이었다.

나도 모르게 얼굴에서 웃음이 지어졌다. 닉스프리는 성공적으로 론칭될 것이 분명했다.

서태지와 아이들이라는 확실한 모델, 그리고 앞선 디자인과 뛰어난 기능성을 갖춘 닉스프리가 스포츠룩의 유행을 몰고 올 것이다.

*　　　*　　　*

도시락 모스크바 현지 공장의 착공식이 얼마 남지 않았다. 공장 설립과 관련된 시공회사와 감리회사까지 모두 결정되었다.

공사 기간은 현지 사정상 2년 정도가 소요될 것 같았다. 최대한 공사 기간을 앞당길 수 있도록 할 예정이지만 날씨가 문제였다.

러시아의 겨울은 길고 변덕스러웠다. 공사를 진행할 수 있는 시간이 그리 많지 않았다. 또한 현지 건설회사의 인력 수급도 원활해야만 했다.

도시락에서 최종적으로 현지 공장과 관련된 회의를 하고 있을 때에 안전기획부의 박영철 차장이 날 찾아왔다.

"인사가 늦었습니다. 강 대표님 덕분에 저의 입지가 단단해졌습니다."

박영철 차장은 나에게 고개를 숙이며 말했다. 그가 진심이 담긴 말을 한 것은 처음이었다.

"일이 잘 처리되어 다행입니다."

"제게 부탁하실 일이 있으면 언제든지 말씀하십시오. 어떤 일이든지 제가 도울 수 있는 일이라면 돕겠습니다."

그의 말은 사실이었다.

안기부 내에서도 누구도 가능한 일이라고 여기지 않았던

일이 해결된 것이다.

"말이라도 고맙습니다. 도움받을 일이 생기면 말씀드리 겠습니다."

"꼭 그러셔야 합니다. 한데 대표님의 나이가 군대에 입대 할 때가 되지 않았습니까?"

박영철의 입에서 뜻밖에 군대 이야기가 나왔다.

이미 그는 내가 어떤 사업을 하고 있는지와 내 신상에 관 해 잘 알고 있었다.

"예, 올해 아니면 내년에 가야 할 것 같습니다."

"실례가 안 된다면 도움을 드리면 안 되겠습니까?"

"어떤 도움을 말입니까?"

"군대 문제입니다. 강 대표님 같은 분이 군대에서 2년 넘 게 복무한다는 것은 국가적으로나 사회적으로 큰 손해가 되는 일이라고 생각됩니다."

박영철의 제안이 솔깃했다. 더구나 만약 올해 입대하게 된다면 30개월을 복무해야만 했다.

1993년이 되어서야 방위병제도의 폐지로 인한 잉여자원 해소를 이유로 26개월로 복무기간이 변경되었다.

'솔직히 두 번이나 군대에 가는 것은 너무 심하지.'

속마음을 그대로 내비칠 수는 없었다.

"하하! 그래도 대한민국 남자라면 누구나 해야 하는 의무가 아닙니까?"

"물론 당연한 국민의 의무입니다. 하지만 예외라는 것이 있습니다. 제가 판단했을 때에… 아니, 누가 판단하더라도 강 대표님이 군대에 입대하는 것보다 지금 하고 계신 사업을 진행하는 것이 이 나라를 위하는 일입니다."

박영철의 말은 틀린 이야기는 아니었다. 만약 내가 이대로 군대에 입대하게 된다면 지금 벌이고 있는 각종 사업이 지금처럼 성장해 나갈 수는 없었다.

사업은 타이밍이 중요했다. 바로 판단하고 결정해야 하는 일들이 점점 많아지고 있었다.

더구나 아직은 회사를 믿고 맡길 수 있는 인물들이 적었다.

군대에 입대한다면 러시아와 미국에 벌이는 사업에 차질이 생길 것이 뻔했다.

"생각을 해보겠습니다."

나는 바로 답하지 않았다.

"알겠습니다. 불법적인 방법으로 일을 진행하지 않을 거니까 걱정하지 않으셔도 됩니다."

"생각해 주셔서 감사합니다."

"하하하! 아닙니다. 강 대표님을 도울 수 있는 일이 있다는 것이 기쁩니다. 이 나라를 위해서 많은 일을 해주십시오. 그럼 연락을 기다리겠습니다."

박영철의 마지막 말이 의미심장했다.

처음 그를 만났을 때와는 사뭇 다른 느낌이었다.

박영철은 자신의 출세만을 위해서 일을 하는 사람은 아니었다. 그를 배웅하고 나서부터 내 머릿속에는 온통 군 문제에 대한 갈등이 심해졌다.

혹시나 이 일로 박영철이 새로운 부탁을 하는 것이 아닐까 하는 의구심마저 들었다.

"후! 안 되겠다. 바람이나 좀 쐐야겠네."

복잡한 문제를 붙잡고 있어봤자 지금은 답이 나오지 않았다.

퇴근 시간이 가까운 때였다.

도시락의 사무실을 막 나가려는 찰나에 마침 가인이에게서 삐삐가 왔다.

"여보세요? 어! 무슨 일이냐?"

ㅡ무슨 일이긴, 보고 싶어서 전화했지. 명동에 왔는데 시간 되면 얼굴이나 보려고.

"마침 퇴근하려고 했는데. 어디에 있는데?"

ㅡ롯데백화점 근처야.

"너한테 상의할 이야기가 있었는데 잘됐다. 롯데백화점 정문에서 보자."

―알았어.

가인이의 전화를 끊고 바로 롯데백화점으로 향했다.

가인이와 나는 무교동 낙지 골목의 한 가게로 들어갔다. 퇴근 시간대라 그런지 사람들이 하나둘 자리를 차지해갔다.

"요새 맨날 술인 것 같아?"

가인이의 말처럼 요즘 들어 평소보다 술을 자주 마셨다. 각 회사들에서 진행하는 중요한 프로젝트가 진행되는 때라 신경이 많이 쓰였다.

더구나 군 문제까지 신경을 쓰다 보니 나도 모르게 술을 찾았다.

"그랬나. 그래도 네가 옆에 있으니까 좋다."

"그걸 이제야 안 거야?"

"아니, 오래전부터 알았지."

"한데 할 말은 뭐냐?"

"일단 술이나 시키자. 이모! 여기 두꺼비 하나랑 산낙지 한 접시 주세요."

소주와 함께 시원한 콩나물국이 먼저 나왔다.

내가 잔을 내밀자 가인이는 공손히 술을 따랐다. 가인의 술잔에도 술을 따른 후에 잔을 들어 건배를 청했다.

가인이가 대학에 들어가서 가장 좋은 점은 함께 술을 마실 수 있다는 점이다.

"자, 건배!"

"원샷이다."

내 건배 제의에 바로 가인이가 술잔을 비우며 말했다.

"OK!"

술잔을 비우자 다시 소주병을 잡은 가인이가 술을 따르며 물었다.

"할 이야기 뭔데? 아빠가 돌아오면 정식으로 날 잡으려고."

살짝 미소를 지으며 말하는 가인이의 말이 왠지 싫지가 않았다.

"야, 너무 앞서 간다."

"왜? 3학년 선배 중에도 결혼한 커플이 있던데."

"그 선배는 사고 쳐서 그런 거고. 우린 아직 연애 중이잖아."

"알았습니다. 하긴, 오빠가 군대도 갔다 와야 하는데 아직 멀었지."

"이야기 잘 꺼냈다. 이 오빠가 군대에 가는 게 좋겠냐? 안 가는 것이 좋겠냐?

"그게 무슨 말이야? 군대에 가지 않을 수도 있어?"

가인이가 내 말에 눈을 크게 뜨고 물었다.

"어. 안 가는 방법이 있더라. 그래서 너한테 물어보는 거냐?"

솔직히 안기부의 박영철 차장의 제안은 숨김없이 친구에게 나눌 이야기는 아니었다.

오히려 있는 그대로 자신을 표현하고 생각을 숨기질 못하는 가인이에게 묻는 것이 나을 수도 있다는 생각이 들었다.

"그게 가능하다면 난 가지 않았으면 좋겠어."

"내가 군대에 가는 게 싫어서?"

"그것도 있지만, 오빠가 하는 일이 군대에 가서는 할 수 있는 일이 아닌 것 같아서. 더구나 오빠를 믿고 따르는 회사 직원들이 한두 명이 아니잖아. 지금 당장 회사가 어떻게 될 수는 없겠지마는 오빠가 있었기에 회사들이 잘될 수 있었잖아? 오빠가 없었다면 가능했던 일이 아니라고 나는 생각해. 그러니까 군대보다는 지금처럼 열심히 일하는 것이 나라를 더 위하는 일 같은데."

가인이의 말을 들으니 뭔가 정리가 되는 느낌이었다. 가인이의 말처럼 내가 아니었다면 지금의 회사들은 없었다.

2년이란 시간을 군대에서 보낸다면 지금처럼 회사가 빠르게 성장할 수 없을 것이 분명했다.

아직은 나에게 시간이 필요한 시기였다.

Chapter 3

　블루오션의 재즈—II가 시장에 출시되었다. 재즈—I 때처럼 닉스의 매장에서 재즈—II를 만날 수 있었다.

　닉스 또한 야심차게 준비한 닉스프리를 각 매장에 선보였다.

　마네킹에 걸쳐져 있는 닉스프리의 스포츠웨어와 액세서리처럼 허리춤에 걸린 재즈—II가 조화를 이루고 있었다.

　닉스와 블루오션이 서로 완벽하지는 않지만 콜라보레이션(공동 작업)을 이루어 낸 것이다.

　재즈—II의 겉면에는 닉스의 상징인 잔물결 로고가 들어가 있었다.

닉스프리의 론칭에 맞추어 닉스 본사에 위치한 카페에서 패션쇼를 열었다.

닉스를 평소에 아끼고 사랑하는 사람들을 추첨하여 초대장을 보내주었다.

언론사나 패션잡지사에는 초대장을 보내지 않았는데도 적지 않은 곳에서 취재를 하러 왔다.

늘씬하고 멋진 남녀모델들이 선보이는 닉스프리의 스포츠웨어는 패션쇼에 참석한 사람들의 눈을 단숨에 사로잡았다.

기존의 천편일률적인 운동복하고는 전혀 다른 스타일과 멋을 창조해 내었다.

닉스에서 나오는 신발들과도 서로 매치가 잘되었다.

닉스프리의 스포츠웨어는 과도한 패션성을 추구하지도 않았고, 스포츠웨어의 특성을 고스란히 살리면서 누구나 입고 싶어 하는 옷을 만들어낸 것이다.

패션쇼를 하는 동시에 서태지와 아이들이 닉스프리의 옷을 입고서 TV에 출연하여 열창을 했다.

기존의 역사대로 데뷔 평가는 크게 달라지지 않았다. 하지만 이제 곧 그들의 노래가 거리와 TV에서 연일 울려 퍼져 나갈 것이다.

패션쇼는 성공적으로 끝이 났다.

패션쇼가 끝나자마자 본사 매장에 들여놓은 닉스프리의 스포츠웨어가 빠르게 팔려 나갔다.

고급스러움을 전략으로 내세웠기에 트레이닝복 상·하의가 이십만 원을 훌쩍 넘어섰지만, 가격에 상관없이 매장에 있던 옷들이 금세 품절되는 사태를 맞이했다.

닉스의 판매 방법은 대량 생산이 아니었다. 본사 매장에도 팔려 나간 제품들이 곧바로 들어오지는 않았다.

매장마다 한정된 수량만을 공급했고 그다음 물량은 다음 주에나 공급할 예정이었다.

기존 닉스의 판매 전략대로 소량 공급의 원칙을 초기에는 지켜나갈 것이다.

닉스의 제품답게 바느질뿐만 아니라 작은 액세서리 하나도 신경을 써서 제작했다.

꼼꼼한 마무리와 검수를 통해서 제품에 문제가 발생하지 않도록 특별히 신경을 썼다. 그러다 보니 제작 기간은 보통 스포츠웨어를 만들 때보다 길어질 수밖에 없었다.

닉스프리의 옷은 직접 생산을 하지 않고 하청업체를 통해서 공급받았다.

실력이 뛰어난 제작업체에 제품 샘플을 의뢰하여 그중에서 닉스에 기준에 가장 부합한 업체를 선정했다.

까다로운 선정 과정이었고 닉스의 품질 기준에 맞추기는 쉽지 않았다.

닉스프리는 생산하는 공장에 근무하는 직원 중 옷을 제작한 경험이 적어도 3년 이상인 직원에게만 일을 맡겼다.

또한 디자인센터의 직원이 직접 생산 공장에 나가 하나하나 제품의 특징을 드러낼 수 있게 생산 공정을 살폈다.

납품업체 측에서는 상당히 까다로운 일이었지만 그만큼의 대가를 주었다.

제품을 납품하는 즉시 현금을 지급해 주었다. 보통 3~4개월짜리 어음이 일반적인 이 분야에서 납품과 동시에 현금을 주는 것은 정말 특별한 일이었다.

납품업체가 모든 것을 감수하고서도 닉스의 일을 하겠다는 이유였다.

본사 매장의 닉스프리 스포츠웨어가 모두 팔려 나가는 것을 시작으로 명동 매장과 홍대, 그리고 강남 매장이 그 다음 날에 전 제품 품절 사태를 맞이했다.

좀 더 지켜봐야 하지만 현재의 반응을 봐서는 성공적인 론칭이라 말할 수 있었다.

이에 발맞추어 시장에 나온 에어조던도 날개 돋친 듯이 팔려 나갔다.

특히나 뉴욕 경기에서 보여준 조던의 활약상이 담긴 농

구 경기를 매장에 설치된 모니터를 통해서 반복해서 내보냈다. 그날 에어조던을 신은 마이클 조던은 농구황제의 명성에 맞게 코트를 지배하고 하늘을 날았다.

농구 붐이 불고 있는 지금, NBA의 농구황제 마이클 조던이 한국의 닉스가 만든 에어조던을 신고 매 경기에 임하는 모습은 정말 놀라운 모습이었다.

이미 고등학교와 대학교의 농구선수들은 물론, 실업팀의 농구선수들까지 닉스의 에어조던과 기존 닉스의 농구 신발을 신고 경기에 나섰다.

지금까지 나온 닉스의 신발 중에서 에어조던이 가장 빠르게 판매량이 늘어난 제품이었다.

서태지와 아이들도 에어조던에 닉스프리의 옷들을 입고 방송 출연을 하고 있었다.

더구나 앞주머니에 끼워진 깜찍한 재즈—II가 방송 카메라에 여러 번 잡히자 재즈—II 또한 사람들에게 조명을 받기 시작했다.

닉스와 블루오션의 신제품들은 성공적으로 시장에 진입하고 있었다.

*   *   *

필립스코리아의 회의실 분위기가 싸하다 못해 차가웠다.

누구 하나 쉽게 말을 꺼내지 못하고 있었다.

야심차게 준비한 필립스코리아의 마하—2가 예상보다 반응이 신통치가 않았다.

주요 신문사와 스포츠신문까지 적지 않은 곳에 광고를 내보냈지만, 판매에는 전혀 영향을 미치지 못했다.

청춘스타를 동원해서 찍은 TV 광고도 지금 상황에서는 크게 도움을 줄 수 없을 것 같은 분위기였다.

그 이유는 다른 것에 기인하지 않았다. 비슷한 시기에 출시한 재즈—II의 인기가 폭발적인 것이 문제였다.

삐삐에 관심이 적었던 청소년까지 재즈—II를 선물로 받고 싶은 1순위로 꼽았다.

청소년들의 절대적인 지지를 받으며 가요계에 혜성처럼 등장한 서태지와 아이들의 영향이 가장 컸다.

"TV 광고는 내일부터인가?"

긴 테이블의 중앙 상석에 앉아 있는 필립스코리아의 대표 박명준이 입을 열었다.

"예, 내일 우리들의 천국이 방영할 때에 첫 광고가 나갑니다. 요즘 한창 인기를 얻고 있는 홍학표 씨가 광고에 등장합니다."

필립스코리아 기획팀의 전인창 부장의 입을 열었다. 마

하—2의 홍보와 광고를 담당하고 있었다.

'우리들의 천국'은 매주 금요일 저녁 MBC에서 방영하고 있는 시추에이션 드라마(일정한 시간에 계속 방송되면서 매번 새로운 소재를 다루는 방송극)로 대학생들의 꿈과 낭만 그리고 사랑을 그렸다.

현재 1기가 방영 중에 있었고 홍학표, 한석규, 정명환, 박철, 배종옥, 최진실, 남주희가 나오고 있었다.

마하—2의 광고에 출연한 홍학표가 주인공으로 나왔다.

2기는 김찬우, 장동건, 최진영, 전도연, 이승연, 박선영, 양정아 등이 출연했다.

"TV 광고 효과는 있을 것 같습니까?"

질문을 던지는 박명준의 목소리에는 불편한 기색이 보였다.

"예, 저희가 대상으로 삼은 젊은 층이 가장 잘 보는 드라마이자, 20~30대 연령층에서 호감도가 가장 높게 나온 홍학표 씨를 선택했기 때문에 광고 효과는 충분하다고 봅니다."

전인창 부장은 자기 생각을 소신껏 말했다.

"그래요? 신문광고는 그다지 효과가 없는 것 같은데."

"아직 시장의 반응이 나오기에는 조금 이른 시간인 것 같습니다."

전인창의 앞쪽에 위치한 영업이사 최기문이 대답했다.

"그건 그렇다 치고. 블루오션의 재즈―II가 이달에 나온 것에는 뭐라고 말할 것입니까?"

미국 출장을 마치고 돌아온 연구소 소장이 안경을 매만지며 난감한 표정을 지었다.

그는 박명준에게 빨라야 다음 달 말쯤에 블루오션의 신제품이 나올 것이라는 보고를 했었다.

그의 보고에 맞추어 다른 경쟁사의 신제품들과 경쟁을 최대한 줄이기 위해 계획보다 10일을 앞당겨 마하―2를 출시했다.

박명준의 입장에서는 다른 것을 떠나서 필립스코리아의 시장 점유율을 올리는 것이 급선무였다.

그런데 연구소장의 예상과 달리 블루오션의 재즈―II는 필립스코리아의 마하―2와 이틀 간격으로 시장에 출시됐다.

더구나 필립스코리아가 판매 대상으로 삼은 연령층이 블루오션과 겹친다는 것이 문제였다.

"죄송합니다. 드릴 말씀이 없습니다."

연구소장은 자신의 판단에 대한 실수를 부인하지 않았다.

"이게 죄송하다는 말로 끝날 문제입니까?"

박명준의 말투가 평소와 달리 심상치가 않았다. 그에 말에 영업이사가 대답을 했다.

"아직까지 본격적으로 시장의 반응이 나오려면 한 달 정도 시간이 걸릴 것으로 보입니다. 저희 제품이……."

"제가 지금 그걸 물었습니까? 경쟁 회사의 제품을 분석하고 기술력을 판단하는 것도 연구소의 일이 아니니까?"

영업이사인 최기문이 말이 채 끝나기도 전에 박명준의 목소리가 터져 나왔다.

"예, 맞습니다."

대답하는 연구소장의 목소리가 작았다.

"제대로 분석한 것이 맞는 것인지 묻고 있는 것입니다."

박명준은 블루오션의 재즈—II의 인기가 심상치 않다는 것을 알고 있었다.

더구나 놀랍게도 재즈—II는 젊은이들에게 절대적인 지지를 받고 있는 닉스와 갑작스럽게 가요계에 충격을 주면 등장한 서태지와 아이들이라는 생각지도 못한 카드를 들고 나온 것이다.

그런 뛰어난 발상과 전략적 홍보가 놀라울 뿐만 아니라, 한편으로는 두렵게 느껴졌다.

"그게 사실 저희는 블루오션에서 만든 재즈—I을 분석한 것이었는데, 어느새 이 정도까지 기술력이 높아졌는지…

솔직히 놀랍습니다."

연구소장의 솔직한 말이었다.

회의실에 있는 사람들은 블루오션이 그동안 얼마나 피눈물 나는 노력과 연구를 해왔는지를 알지 못했다.

더구나 회사를 떠나 진정으로 자신들이 좋아하는 일을 하는 사람들의 힘을 간과한 것이다.

또한 블루오션이 재즈―II에 얼마나 많은 투자를 했는지도 모르고 있었다.

"그럼 블루오션의 재즈―II와 우리 쪽 마하―II를 비교했을 때 큰 차이가 있습니까?"

연구소장의 말에 박명준은 신중하게 물었다.

올해 들어 박명준은 직원들을 믿고 모든 걸 맡겼었다. 그러한 이유 중에 하나는 작년 필립스코리아가 누구도 예상치 못하게 다른 대기업들을 물리치고 시장 점유율을 3위까지 끌어올린 데에 있었다.

그는 필립스코리아의 충분한 기술력과 마케팅 능력을 믿었다.

"이런 말씀을 드리기에 송구스럽지만, 두 제품의 기술력은 비슷하다고 할 수 있습니다."

말을 하는 연구소장의 표정은 쓰디쓴 약을 먹는 것처럼 일그러져 있었다.

"그렇군요. 정확히 한 달 후에 평가하겠습니다. 필립스 코리아에 남을 사람과 떠날 사람을 말입니다."

말을 마친 박명준은 그대로 회의장을 나가 버렸다.

회의장에 남은 사람 중에서 그 누구도 쉽게 자리에서 일어날 수 없었다.

*   *   *

블루오션의 직원들은 재즈—II의 출시로 인해서 한동안은 야근할 수밖에 없었다.

생산을 담당하는 명성전자의 직원들도 덩달아 야근을 하고 있었다.

재즈—II는 재즈—I보다 제작에 있어서 좀 더 신경을 써야만 했다. 더 작아진 크기 때문에 조립하는 시간도 더 들어갔다.

명성전자의 직원들이 조립을 마치면 블루오션의 연구소 직원들이 검수와 테스트를 진행했다.

아직은 어떤 문제점이 나올지 모르는 상황이었기에 마지막은 블루오션의 직원들이 처리했다.

이러한 블루오션 직원들의 노력 덕분에 재즈—II는 출시한 지 일주일도 안 되어서 생산된 물량을 모두 소진하였다.

재즈—I도 꾸준히 팔려 나갔다.

블루오션의 재즈—II가 잘나가면 생산을 담당하는 명성전자와 부품을 공급하는 비전전자부품까지 매출이 늘어난다.

모든 것이 톱니바퀴처럼 유기적으로 맞물려 있었다.

앞으로 CDMA가 상용화되어 시장에 나온다면 세 회사의 성장세는 더욱 놀라울 것이다.

온몸이 파김치가 된 것처럼 묵직했다.

회사별로 중요한 프로젝트들을 하나씩 갖고 있다 보니 쉴 수 있는 시간이 별로 없었다.

토요일인 내일도 일본으로 출장을 가야 했다.

내일은 닉스의 일본 매장이 공식적으로 출범하는 날이었다. 또한 성형수술을 끝마친 박상미가 일본을 떠나는 날이기도 했다.

그녀가 일본에 머무는 동안에는 다행히 별다른 일은 일어나지 않았다.

"후! 쉴 틈이 없구나."

일정표를 쳐다보자 절로 한숨이 나왔다.

강의가 없는 목요일에는 회사들을 순례하며 중요한 상황들을 검토하고 지시를 내렸다.

회사가 커가고 성장할수록 개인적인 시간은 점점 줄어들었다.

"미국 닉스의 책임자도 구해야 하는데, 괜찮은 사람이 보이지가 않으니."

한광민 소장에게서 몇몇 사람을 소개받아 이력서와 면접을 봤지만, 마음에 드는 사람이 없었다.

내가 직접 미국까지 커버할 수는 없었다. 미국의 법인을 책임지고 이끌어갈 수 있는 사람만 구하면 미국에서의 사업도 어렵지는 않았다.

이미 닉스의 성공 가능성을 현지에서 확인했고 미국으로의 수출량도 급격히 늘어난 상황이었다.

새롭게 인수한 닉스 3공장에서 생산되는 신발들은 전량 외국으로 수출하는 물량이었다.

뚜뚜!

인터폰이 울렸다.

"여보세요?"

―대표님, 블루오션에서 연락이 왔습니다.

나는 닉스 본사의 대표실에 와 있었다.

"연결해 주세요."

―예

"전화 바꿨습니다."

―대표님, 김 과장입니다. 현대전자에서 연락이 왔는데 그쪽 사장님이 대표님을 뵙자고 합니다.

김동철 과장이었다. 그는 다음 달에 미국으로 출국하여 퀄컴에서 CDMA에 관련된 기술연수를 받을 예정이다.

"저를 보자고요?"

―무슨 일인지는 모르겠지만, 오늘 꼭 좀 시간을 내달라고 합니다. 대표님의 연락처는 알려주지 않았습니다. 대신 그쪽 연락처를 받았습니다.

현대전자와는 좋은 협력 관계를 맺고 있었다. 명성전자에서 제작되는 컴퓨터와 무선호출기가 현대전자의 이름을 달고 팔려 나갔다.

하지만 아직까지 신제품인 재즈―II는 계약을 맺지 않았다.

현대전자를 맡고 있는 사람은 김철재 사장으로 그와는 한 번도 만난 적이 없었다.

'나를 왜 보자고 하는 거지? 재즈―II 때문인가? 현대전자의 주력은 무선호출기가 아닌데.'

만나봐야 알 수 있을 것 같았다.

"알겠습니다, 제가 연락을 해보겠습니다."

―예, 연락처는……

김동철 과장에게서 전화번호를 받았다.

전화번호는 현대전자 사장실 전화였다.

현대전자와의 계약 관련 상황은 이제 각 회사 담당자들이 맡고 있었다.

Chapter 4

약속 장소는 강남의 유명일식집이었다.

고급스러움이 묻어나오는 일식집은 들어가는 입구부터 봄꽃들과 고궁에서 볼 수 있는 옛날 담벼락으로 꾸며져 있었다.

이곳은 정치인과 기업인들이 자주 찾는 곳으로 방마다 말소리가 들리지 않게 독립된 형태로 설계된 곳이었다.

내 이름을 입구에서 말하자 깔끔한 복장을 한 미모의 여종업원이 날 뒤쪽에 위치한 방으로 안내했다.

방문을 열자 두 사람이 있었다. 그중 한 사람은 내가 이미 알고 있는 인물이었다.

"어서 오세요? 반갑습니다, 김철재입니다. 대단한 분을 이제야 뵙게 되었습니다."

"잘 지내셨습니까? 블루오션의 선전이 정말 놀랍습니다."

김철재의 옆에서 인사를 건넨 인물은 필립스코리아의 박명준 사장이었다.

경쟁 회사의 사장인 두 사람이 만난다는 것이 이상했지만 날 보는 자리에 박명준이 함께한다는 것이 너무 뜻밖이었다.

더구나 테이블에 올려진 빈 접시와 젓가락으로 보아 한 사람이 더 올 것 같았다.

"아, 예. 강태수라고 합니다."

나는 두 사람에게 고개를 숙이며 방 안으로 들어섰다.

"하하! 조금은 놀라셨을 것입니다. 이렇게 갑작스럽게 뵙자고 해서 말입니다."

김철재 사장은 웃으면서 말하고 있었지만, 옆에 앉아 있는 박명준은 표정이 좀 어두웠다.

"예, 생각을 전혀 하지 않고 있었습니다."

"강 대표님은 워낙 바빠서 쉽게 만날 수 없는 분입니다. 우연히 김 사장님과 통화 중에 오늘 강 대표님을 뵙는다고 해서 간신히 부탁을 드리고 이 자리에 참석한 것이니 양해해 주십시오."

박명준이 날 보며 말했다.

나는 그의 초대를 몇 번 거절했었다. 때마침 미국과 러시아로 출장을 떠났기 때문에 시간을 낼 수도 없었다.

"두 분께서는 자주 만나시나 봅니다?"

솔직히 궁금한 상황이었다.

양쪽 회사 모두 경쟁 관계에 있었다. 더구나 이번 달 들어서 필립스코리아가 차지하고 있던 판매 점유율 3위 자리를 현대전자가 차지했다.

"예, 사업적인 부분에서 경쟁할 것은 경쟁하고 협조할 것은 협조해야 하니까요. 중요 회사의 대표들은 자주 모임을 갖고 있습니다."

김재철 사장은 넥타이를 느슨하게 풀면서 말했다.

"지금 오고 계시는 분도 대우전자 배현우 사장입니다."

대우전자는 작년 8월에 콜맨(APR1000)이라고 명명된 무선호출기를 시중에 출시면서 이동통신단말기 제조 분야에 참여한다고 선언했다.

급성장세를 보이고 있는 이동통신시장에 큰 전자회사들 모두가 발을 들이밀고 있었다.

그때 마침 방문이 열리면서 기다리고 있던 배현우 사장

이 들어오고 있었다.

"하하! 호랑이도 제 말 하면 온다더니, 어서 오세요."

"아니 또 제 흉을 보고 계셨습니까?"

김재철의 말에 대꾸를 하는 배현우 사장은 오십 대 초반으로 보였다.

두 사람은 비슷한 연령대로 보였고 필립스코리아의 박명준은 사십 대 중반의 나이였다.

다들 그룹 내에서 다른 계열사 사장들보다 적은 나이에 회사의 대표가 된 인물들이었다.

하지만 그들에 비해 올해 스무 살이 된 나의 모습은 완전히 어린아이였다. 물론 실질적인 나이는 마흔을 넘어섰지만.

"어서 오십시오."

박명준도 자리에서 일어나 그를 반겼다.

"하하! 박 사장님도 계셨네요. 이분이 김 사장님이 말씀한 분이시구나."

박명준가 인사를 나눈 배현우가 나를 보며 말했다.

"강태수라고 합니다."

"대우전자에 배현우입니다. 정말 젊은 분이 정말 대단합니다."

그는 나에게 손을 내밀며 말했다. 나에 대한 이야기를 누군가에게 들은 것 같았다.

"자자! 다들 오셨으니, 저녁을 먹으면서 천천히 이야기를 나눕시다."

김재철의 말에 종업원이 준비한 음식을 내오기 시작했다.

고급 일식집답게 나오는 음식들이 일반 음식점하고는 달랐다.

현대전자의 김재철 사장이 날 이곳으로 부른 이유가 궁금했다. 하지만 분위기상 그 이유를 대놓고 물어보기가 어려웠다.

테이블에 차려진 음식과 함께 술이 나오자 다시금 이야기를 나누기 시작했다.

"자, 한 잔 드세요. 이 사케가 참 부드러워요."

김재철 사장은 나에게 술을 따라주며 말했다.

"예, 음식도 맛이 좋습니다."

"하하하! 여기 주방장이 일본의 유명한 일식집에 7년간 배웠다고 합니다. 그래서 그런지 맛이 남달라요."

장소를 선택한 김재철은 내 말에 흡족한 모습이었다.

"술잔을 다 따랐으면 우리 함께 건배합시다."

대우전자의 배현우 사장이 말했다. 그의 말에 술잔을 들어 입에 술을 털어 넣었다.

좋은 술이라는 말처럼 부드럽고 깔끔한 맛이었다.

술을 마시고 나자 현대전자의 김재철 사장이 입을 열었다.

"이렇게 강 대표님을 보자고 한 것은 다름이 아니라 무선호출기와 휴대용전화기를 만드는 회사들이 함께 모여서 정보통신과 관련된 협회를 만들고자 해서입니다. 시장에서 어느 정도 지배력이 있는 회사들이 함께해 정부에게 한목소리로 요구할 것은 요구하고 각자의 이익을 대변하자는 것이지요. 또한 기업 간의 중복된 투자와 과도한 경쟁도 조정할 겸 말입니다."

김재철의 말에 동조하듯 배현우가 말을 이었다.

"말씀 잘하셨습니다. 요즘 이동통신 시장이 돈이 되어 보이니까 너도나도 끼어드는 형국입니다. 문제는 기술력도 없이 무조건 외국제품을 그대로 들여와 조립만 하는 업체들이 적지 않습니다. 기술력을 키워나갈 생각은 하지 않고 돈벌이에 급급한 장사꾼의 형태들을 보이고 있어 한심합니다."

두 사람의 말을 나는 조용히 듣고만 있었다. 그들의 말은 반은 맞고 반은 틀렸기 때문이다.

현재 한국의 대다수 전자회사와 통신회사들은 이동통신

에 관련된 기술력이 외국과 비교해서 많이 뒤처졌다.

두 사람이 맡고 있는 현대전자나 대우전자도 초기에는 외국 기업에게서 기술을 사오거나 모방을 하여 무선호출기를 만들었다.

더구나 무선호출기나 휴대전화기에 들어가는 부품의 70%를 외국에서 들여오고 있는 실정이다.

지금 현재 대한민국의 이동통신과 관련된 기술력은 아직 걸음마 단계였다.

더구나 자본주의 사회에서 경쟁은 필수였고 가장 좋은 제품이 시장에서 살아남는 것이 소비자에게는 좋았다.

지금 두 사람의 이야기는 기업 간이나 업종 간 단합을 말하는 것일 수도 있었다.

물론 이동통신과 관련된 협회는 필요했다.

기술의 표준화를 이루고 외국 기업들과의 경쟁에서 이기기 위해서는 정부와 기업 간의 협조가 필요한 시기였다.

"한데 모토로라와 삼성전자, 그리고 럭키금성이 협조하겠습니까? 다들 업계의 선두를 다투려고 보통 투자하는 게 아닌데 말입니다."

박명준의 말이었다. 그의 말처럼 지금 자리에 함께한 현대전자와 대우전자는 뒤늦게 이동통신에 뛰어들었다.

현대전자는 컴퓨터와 카오디오, 그리고 대우전자는 가전

에 치우쳐 있었다.

올해부터 많은 투자를 하고 있었지만, 박명준이 언급한 세 회사만큼은 아니었다.

특히나 럭키금성의 자회사인 금성통신은 무선호출장비 개발에 착수하기 위해 캐나다의 글렌에어와 기술 협력을 타진하고 있었다.

무선통신기기 분야에서의 생산 품목을 단말기뿐만 아니라 시스템까지 넘보고 있는 것이다.

글렌에어와 기술 협력을 통해서 3백 20메가헤르츠(MHz)꺼자 개발하여 한국통신과 제2 이동통신 무선호출기 사업자에게 공급할 계획을 세워놓았다. 럭키금성은 유무선 장비에서 강자였다.

모토로라는 이미 무선호출기 시장의 선두였고 삼성전자는 휴대전화기와 카폰에서 강세를 보였다.

"그래서 여기 계신 분들의 협조가 필요합니다. 우리가 먼저 한목소리가 되어서 시장을 주도할 수 있는 협회를 만들면 자연스럽게 다른 회사들도 참여하게 될 것입니다. 더구나 앞으로 휴대전화시장도 도래할 텐데, 미리미리 준비해야지요."

김재철 사장은 이동통신시장의 가능성을 높이 보고 있었다.

문제는 현대전자인데, 위성통신사업 분야에도 상당한 투자를 하고 있어서 투자가 분산되고 있었다.

"한데 강 대표님은 어린 나이임에도 불구하고 블루오션을 어떻게 세울 수 있었습니까? 그쪽에서 나온 무선호출기가 시장에서 인기가 있는 것 같던데."

대우전자의 배현우 사장이 호기심 가득한 표정으로 물었다. 그는 마치 날 동물원에서도 쉽게 볼 수 없는 희귀동물처럼 보고 있었다.

더구나 재즈―II에 대한 시장의 반응을 정확히 알고 있지 못했다. 한편으로는 대기업 전자회사의 사장으로 그가 챙겨야 할 분야와 보고가 많으므로 잘 모를 수도 있다는 생각이 들었다.

"예, 운이 아주 좋았습니다. 좋은 분들을 만났기 때문입니다."

나는 그가 원하는 대답을 할 수 없었다.

블루오션과 관련된 상황을 자세히 설명하려면 긴 시간이 필요했다.

"하하하! 강 대표께서 겸손한 말을 하십니다. 강 대표가 운영하시는 회사가 블루오션만이 아닙니다. 컴퓨터를 생산하는 명성전자도 있고, 제가 아는 분께 듣기로는 닉스도 운영하신다던데."

현대전자의 김재철 사장 입에서 닉스의 이름이 튀어나왔다.

그 말에 내 옆에 있던 박명준의 얼굴 표정이 바뀌었다.

배현우 또한 놀라는 눈치였다.

닉스는 작년에 이어 올해도 대한민국에서 가장 인기 있는 신발 브랜드가 되었다. 더구나 마이클 조던과의 광고 계약으로 더욱 인기에 불을 붙이고 있었다.

'누가 말을 했지?'

아직은 내 신상에 대해 별로 알리고 싶지 않았다.

"아닙니다. 닉스에 아시는 분이 계셔서 협조를 요청하기 위해서 본사를 자주 방문했었습니다. 아마 그걸 보시고 오해하신 것 같습니다. 알려주신 분도 잘못 아셨나 봅니다."

"하하하! 그런가요?"

내 말에 김재철과 배현우는 그러면 그렇지라는 표정들이었다. 하지만 박명준은 뭔가를 골똘히 생각하는 모습이었다.

여러 가지 화제를 주고받다가 정부에서 추진하고 있는 차세대 디지털 이동통신 기술개발에 관련된 이야기가 나왔다.

현재 체신부(94년 이후 정보통신부로 개편)는 TDMA(시분

할 접속 방식)와 CDMA(코드분할 접속 방식) 이 두 가지 디지털 이동통신 기술 중 어떤 방식을 국가표준으로 할 것인가를 고심하고 있었다.

그와 관련된 기업들은 자신들이 선택하여 연구를 진행하고 있는 방식이 채택되길 기대하면서 로비를 벌이고 있었다.

아날로그 방식과 비교하면 TDMA 방식은 3배, CDMA 방식은 10배 이상의 가입자를 수용할 수 있다.

이 두 가지 방식 중 수용 면에서는 CDMA 방식이 유리하지만, 안전성 면에서는 TDMA 방식이 우수한 것으로 나타났다.

현재까지는 TDMA 방식이 우세한 분위기였다. 프랑스와 독일 등 일부 유럽국가들과 일본이 TDMA 방식을 개발하여 시험 설치 중이었다.

미국은 지난해 잠정적으로 TDMA를 표준으로 채택한 데 이어서 현재 CDMA도 잠정표준으로 하기 위한 작업을 하고 있다.

"강 대표께서는 정부가 표준기술을 어떤 방식으로 선택할 것 같습니까?"

박명준이 내게 술을 따라주면서 던진 질문이었다.

방 안에 있는 세 사람의 시선이 일제히 나에게로 쏠렸다. 현재 정부가 TDMA와 CDMA 방식 중에서 어떤 방식을 국가표준으로 삼느냐에 따라서 희비가 엇갈릴 기업들이 많았다.

현대전자는 CDMA 방식을, 대우전자는 TDMA 방식 쪽에 무게를 두고서 연구팀을 구성했다.

필립스코리아 또한 유럽에서 호응을 받고 있는 TDMA를 선택하기로 내부적으로 합의를 보았다.

세 사람의 시선 속에는 앞으로 세상을 뒤바꾸게 한 차세대 이동통신기술에 대해 알고나 있는지에 대한 의구심도 들어 있었다.

'날 테스트하는 건가? 아니면 나에 대해 알고 싶어서……'

내가 알고 있는 그대로 말을 할 수는 없었다. 또한 이들은 이미 블루오션과 퀄컴이 계약을 맺어 공동 연구와 함께 반도체 공장을 세울 것을 전혀 알지 못했다.

퀄컴과의 계약이 완전히 성립되었을 때에, 계약에 대한 것들을 한국 언론이나 기업에게 알리지 말아 달라는 부탁을 했었다.

1992년 6월이면 체신부 산하 한국전자통신연구소(ETRI)가 미국 샌디에이고에서 퀄컴과의 CDMA 공동 연구 계약서에 서명한다. 1천 1백 90십만 달러(89억)를 퀄컴에 지급하고 공동 연구를 진행할 것이다.

그때가 되면 블루오션의 이름이 언론에 나올 수도 있었다. 블루오션은 공동 연구에서 나오는 연구 결과와 퀄컴의 지분까지 소유하고 있었다.

더구나 상용화가 이루어지면 한국의 기업들이 내야 하는 특허사용료를 블루오션에게 지급해야 한다.

"글쎄요. 전문가가 아니라서 잘은 모르겠습니다만 저는 CDMA 방식이 우리나라에 좀 더 유리할 것 같다는 생각입니다."

내 대답에 그들은 그 이유를 묻지 않았다.

"하하하! 강 대표가 우리와 같은 생각을 하고 있네요. 지금 한 해에 휴대전화기 부분이 100%씩 성장하고 있어요. 이미 아날로그 방식은 포화상태가 아닙니까. TDMA로 가게 되면 동일한 사태가 발생합니다."

현대전자 김재철 사장이 유쾌하게 웃으며 CDMA를 선택해야 하는 중요 이유를 이야기했다.

우리나라의 이동전화 가입자는 서비스 첫해인 84년에는 2천 6백 58명이었지만 92년 4월 말인 현재 20만 명이 넘어서고 있었다.

아날로그 방식의 이동전화는 이미 가입자를 받을 수 없

을 정도로 포화상태였다.

TDMA 방식은 아날로그 방식과 비교하면 3배 정도의 가입자만을 수용할 수 있었다.

"CDMA 방식은 아직 기술이 완전하지 않습니다. 상용화를 시키려면 아주 먼 길을 가야 합니다. 더구나 미국에서조차 TDMA 방식을 선택하려는 움직임이 있습니다. 그러므로 유럽과 일본에서 이미 표준 방식으로 선정하여 상용화 단계에 있는 TDMA를 표준 방식으로 정해야 합니다. 그래야 위험부담이 적고 수출 시장 개척에도 용이합니다."

대우전자의 배현우가 확신하듯 말했다. 그는 공대를 나온 엔지니어 출신이었다.

"저도 배 사장님의 의견이 옳다고 생각합니다. 아직 국내 기술 수준으로 볼 때에 기술 개발 성공과 상용화가 가능하고, 기존 아날로그 방식과 상호 호환성을 갖춘 TDMA 방식으로 가는 것이 정석입니다. 불투명한 CDMA 방식은 장기적으로 가져가야 하는 것이 맞습니다."

두 사람의 이야기는 틀린 말은 아니었다. 기업들의 입장에서 보자면 안정성이 확보된 TDMA 방식이 더 나았다.

내가 생각했던 것보다 각 회사의 대표들은 상당한 식견을 가지고 있었다.

큰 회사를 이끌어가는 것이 말로만 되는 것이 아니라는

것을 알게 된 자리였다.

나는 그들의 이야기를 주로 경청했고 물어오는 것 외에는 말을 줄였다.

하지만 방 안에 있는 두 사장과 달리 필립스코리아의 박명준은 나에게 질문을 일부러 많이 던지는 느낌이 들었다.

"재즈-II가 시장에 나온 지 얼마 되지도 않았는데, 조짐이 심상치가 않습니다."

"운이 좋았습니다. 필립스코리아에서 발표하신 신제품도 괜찮던데요."

"하하하! 그런가요. 한데 어떻게 하면 그렇게 매번 운이 좋을 수 있습니까?"

큰 웃음을 지으며 말하는 박명준의 말이 의미심장했다. 방 안에 함께했던 두 사장은 잠시 화장실에 간 상태였다.

"글쎄요. 함께하는 직원들이 맡은 일에 대해 최선을 다해 주는 것이 좋은 운을 불러오는 것 같습니다."

"매번 핵심은 피해가시고 상투적인 말씀만 하시는 것 같습니다. 그럼 말씀하신 대로 직원들이 최선을 다하게 하려면 어떻게 해야 할까요? 우리 회사는 그게 부족한 것 같습니다."

박명준의 이번 질문은 진지하게 물었다.

"제 생각입니다만 회사가 직원을 종처럼 부리는 것이 아니라 내 가족처럼 대하고 그런 환경을 만들어주면 됩니다. 진심이 전달되면 이래라저래라 말하지 않아도 직원들은 맡겨진 일에 최선을 다합니다."

"하하! 이거 정말 제가 쉽게 할 수 없는 일입니다. 제가 좀 권위주의적인 부분이 있어서 강 대표님처럼 직원들을 살갑게 품지 못하나 봅니다. 저도 예전에는 가족 같은 분위기의 회사를 꿈꾸었는데, 회사의 덩치가 커지고 사원들의 숫자가 늘어나다 보니까 한 사람 한 사람 챙길 수가 없게 되었습니다. 오늘 강 대표님의 말을 듣고 보니 느끼는 바가 있었습니다, 감사합니다."

"아닙니다. 저보다 더 잘 알고 계실 텐데요. 아직 블루오션이 작은 회사라 가능한 것입니다. 박 사장님 말씀대로 인원이 늘어나면 쉽지 않은 일이지요."

나는 최대한 내 생각과 겉모습에 숨겨져 있는 진정한 나를 드러내지 않으려고 노력했다.

"한데 말입니다. 저는 아직도 풀리지 않은 의문이 있습니다. 어떻게 하시길래 강 대표님보다 나이가 많은 직원들이 대표님을 진심으로 따를까 하는 점입니다. 블루오션은 그렇다 치고 명성전자에도 상당한 직원들이 있다고 들었는데 말입니다."

회사는 직급이 깡패이기도 했지만, 나이도 무시할 수 없었다.

지금 시대의 회사들 대부분이 연공서열(근속연수·학력·연령 등에 따라 종업원의 임금이나 인사이동을 결정하는 체계)제도로 움직였다.

'이 사람이 뭘 듣고 싶어 하는 거야?'

말을 하기가 난감했다. 처음부터 명성전자나 블루오션의 직원들이 진심으로 날 따른 것은 아니었다.

시간이 지날수록 시대를 앞선 생각과 판단이 놀라운 결과로 나타나자, 그때부터 진심으로 나의 능력을 믿고 따랐다.

내가 일부러 본모습을 보이지 않으려는 것을 아는지 박명준은 곤란한 질문을 계속 던졌다.

"회사 분위기, 가족……."

내가 대답을 할 때에 문밖에서 큰 웃음소리와 함께 여러 명이 움직이는 소란스러운 소음이 들려왔다.

그리고 방문이 열리며 복도 소음의 원인을 알게 되었다.

러시아의 모스크바 시장인 포포프가 서울을 방문한 것이다. 그는 기업 시찰차 럭키금성을 방문한 후에 저녁을 먹기 위해 럭키금성 사장인 구자호와 이곳을 찾은 것이다.

"하하하! 언제들 오셨습니까?"

구자호는 두 사장과 반갑게 인사한 후에 필립스코리아의

박명준에게도 인사를 건넸다.

하지만 나는 박명준의 개인비서로 생각했는지 본체만체했다.

다른 사람들도 굳이 날 구자호에게 소개할 생각을 하지 않았다.

그때였다.

구자호의 옆에 있던 포포프가 날 발견한 것이다. 그와는 모스크바에서 몇 번 만난 적이 있었다.

"아니! 강 대표님 아니십니까?"

그는 내가 러시아에서 어떤 위치에 있는지를 잘 알고 있는 인물 중의 하나였다.

도시락의 모스크바 현지공장의 제반 시설을 지을 때에도 모스크바시가 많은 도움을 주었다.

그 이유는 내가 러시아의 최고 권력자와 아주 긴밀한 관계에 있다는 점 때문이다.

또한 러시아에서 벌이고 있는 사업들과 내가 소유한 회사들을 그는 알고 있었다.

회사의 인허가와 관련된 부분이 모스크바시와도 관련되었기 때문이다.

포포프의 갑작스러운 행동에 주변에 있던 사장들의 눈이 나에게로 일제히 쏠렸다.

"반갑습니다. 언제 오셨습니까?"

내 입에서는 유창한 러시아어가 나왔다.

"어제 서울에 도착했습니다. 시간이 되시면 제가 돌아가기 전에 한번 뵙고 싶습니다."

모스크바의 시장인 포포프가 날 대하는 태도는 친한 친구를 대하는 태도였다.

러시아 사람들은 넓은 땅덩어리와 막강한 군사력으로 대국임을 자처하기 때문인지, 사무적이고 조금은 고압적인 태도로 사람을 대했다.

더구나 러시아에서 힘과 영향력을 지닌 사람은 더했다.

지금 모습은 포포프가 서울에 도착해서 보여주었던 행동과는 전혀 상반된 모습이었다.

"시간을 보고 연락을 드리겠습니다. 어디에 묵고 계십니까?"

"힐튼호텔에 묵고 있습니다. 연락처는 여기 있습니다."

포포프가 직접 메모지를 꺼내 호텔 방의 번호를 적어주었다.

"연락드리겠습니다. 일행이 계신 것 같은데."

"아, 예. 그럼 좋은 시간 보내십시오."

내 말에 포포프는 나에게 가볍게 인사를 건네고는 자리를 떠났다. 주변에 있던 사람들은 말없이 우리 두 사람의 이야기를 듣고 있을 뿐이었다.

물론 알아들을 수 없는 말이었지만 나를 보는 눈이 확연히 달라져 있었다.

러시아에서 모스크바 시장은 결코 가벼운 위치의 인물이 아니었다.

나를 본체만체했던 구자호 럭키금성 사장 또한 옆에 있던 현대전자 사장에게 나에 대해 물어보는 모습이 보였다.

그러고는 나에게 고개를 살짝 숙여 인사를 건넨 후에 포포프가 향한 방으로 이동했다.

방 안의 분위기는 사뭇 달라져 있었다.

모두가 어떻게 모스크바 시장인 포포프를 알고 있느냐는 표정이었다.

방 안에 있는 회사들 모두가 러시아 진출을 고려하는 중이었다. 구소련이 몰락하고 변화의 시기를 맞고 있는 러시아는 점차 외부에 시장을 개방하고 있었다.

나는 세 사람이 나에게 질문을 던지기 전에 포포프를 핑계로 서둘러 자리에서 일어났다.

"먼저 양해를 구해야겠습니다. 모스크바 시장님께서 부탁하신 것이 있어서 그만 가봐야겠습니다."

러시아어를 모르는 세 사람은 내가 그와 나눈 이야기를 전혀 몰랐다.

이 자리에 계속 있게 되면 내 신상과 관련 이야기를 할 수밖에 없었다.

내 말이 좀 이상하게 들릴 수는 있었지만 세 사람은 아쉬운 표정을 지을 뿐 날 잡지 않았다.

대신 이른 시일 내에 다시 한 번 자리를 함께하자는 말을 건넸다.

일식집을 나설 때에 박명준이 따라 나왔다.

"시간이 되시면 언제 한번 뵙고 싶습니다."

"예, 그러지요."

"그럼 잘 들어가십시오. 유쾌한 시간이었습니다."

박명준은 내게 손을 내밀며 악수를 청했다.

"저도 유익했습니다."

그의 손에는 힘이 들어가 있었다. 이전에 날 처음 보았을 때의 어린아이를 대하던 눈빛이 아니었다.

이제는 날 자신의 경쟁자로 보는 것 같았다.

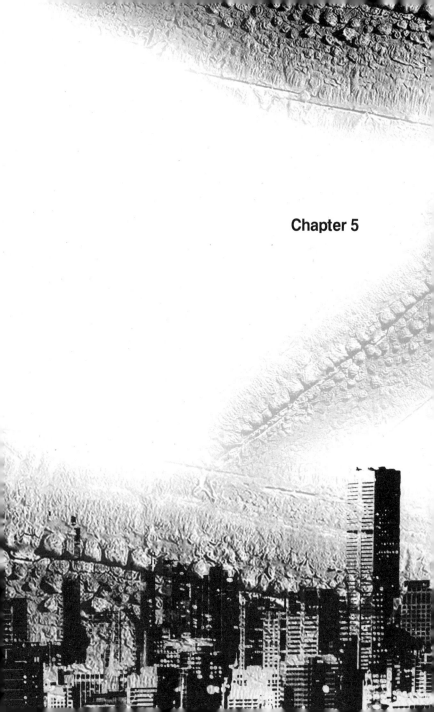

Chapter 5

　일본을 다시 찾았다.

　닉스의 일본 진출을 위한 첫 발걸음이 시작되는 날이었
다.

　날씨 또한 화창했다. 조짐이 좋았다.

　이번 일본행에는 가인이와 예인이도 동행했다. 두 사람
다 외국 여행은 처음이었다.

　월요일이 쉬는 날이라 일본 여행을 시켜줄 겸 데리고 온
것이다.

　"거리가 참 깨끗하다. 건물도 서울보다 세련된 것 같고."

택시 안에서 이리저리 고개를 돌리면서 가인이가 말했다.

"정말 사람들의 옷차림도 세련되어 보이고."

유행을 이끌어가는 긴자거리에 들어서자 멋진 옷차림을 한 남녀가 많이 보였다.

그때 건물 위에 설치된 광고판에서 마이클 조던과 슬램덩크의 강백호가 동시에 공을 향해 날아오르는 모습이 보였다. 두 인물의 신고 있는 신발은 물론 에어조던이었다.

실사와 만화를 교묘하게 섞어놓은 광고는 사람들의 시선을 한눈에 사로잡았다.

거리를 지나는 사람들도 손으로 광고판을 가리키며 관심을 표명했다.

미쓰코시백화점이 가까워져 올수록 대형 현수막에 그려진 이노우에 다케히코의 슬램덩크에 나온 주인공들을 볼 수 있었다.

이러한 닉스의 광고 전략에 미쓰코시백화점 관계자는 놀라는 모습이었다.

미쓰코시백화점 정면에도 마이클 조던이 슬램덩크의 주인공들 사이를 드리블하는 대형그림이 걸려 있었다.

미쓰코시백화점 정문에 다다르자 상당한 사람들이 백화점에 들어가려고 줄을 서고 있었다.

미쓰코시백화점의 개점 시간은 10시였다.

앞으로 2시간 넘게 남았음에도 사람들이 길게 줄을 서고 있다는 점이 고무적이었다.

닉스 매장의 오픈과 함께 한국 신발들을 종합적으로 판매하는 매장도 오늘이 오픈일이었다.

닉스 매장의 오픈 일을 맞이하여 슬램덩크를 그린 만화가 이노우에 다케히코를 초청하여 사인회를 개최했다.

슬램덩크에 나오는 서태웅과 강백호, 채치수, 변덕규 등은 NBA에서 뛰고 있는 선수들을 모델로 삼았다.

서태웅은 마이클 조던을, 강백호는 데니스 로드맨, 나머지 두 사람은 데이비드 로빈슨과 패트릭 유잉이다.

외부에 얼굴을 잘 드러내지 않으려고 했던 이노우에에게 마이클 조던과 스카티 피펜이 경기에 입었던 운동복과 NBA 공인구 2개를 건넸다. 물론 두 사람의 사인이 담긴 운동복과 농구공이었다.

거부하기 힘든 뇌물이었기에 이노우에 다케히코는 사인회에 나올 수밖에 없었다.

대신 300명만 한정해서 사인을 해주기로 했다.

사인을 해주는 용지는 닉스 신발을 구매하게 되면 주어지는 특별판으로 제작한 슬램덩크 브로마이드였다.

일본 소비자들은 닉스 신발에 대한 정보가 부족했고 품질과 디자인이 얼마나 뛰어난지를 아직은 몰랐다.

일단은 신발의 판매가 이루어지고 직접 신발을 신어본 사람들의 평가가 다른 사람들에게 전해지게 해야만 했다.

미쓰코시백화점 입구에서 영업총괄 매니저인 사사키 테츠오가 기다리고 있었다.

사사키는 나에게 정중히 인사를 건네며 입을 열었다.

"어서 오십시오. 조짐이 심상치가 않습니다."

"반갑습니다. 하하! 이분들이 다 닉스 때문에 온 것은 아니지 않습니까?"

"아닙니다. 이 시간대에 젊은 친구들이 저희 백화점에 들어오려고 줄을 섰던 적은 없었습니다."

사사키의 말처럼 대다수가 20~30대 젊은 사람들이었다. 여자들보다는 남자가 월등히 많았다.

"시간이 지나면 알 수 있겠죠. 매장을 한 번 살펴봐야겠습니다."

"제가 안내해 드리겠습니다."

사사키의 나를 대하는 태도가 이전과 사뭇 달랐다.

신발 광고에 무려 농구황제인 마이클 조던과 일본에서 손꼽히는 인기 만화가 이노우에 다케히코까지 동원한 것이다.

이는 닉스를 한국에 있는 작은 신발 회사로만 여겼던 사사키의 생각을 확 바꿔놓아 버렸다.

내 뒤로 가인이와 예인이가 함께 하고 있었는데 사사키는 두 사람을 닉스의 직원으로 생각하는 것 같았다.

남다르게 큰 키와 뛰어난 미모를 자랑하는 두 사람을 사사키는 힐끔거리며 쳐다보았다.

닉스 매장은 분주했다.

직원들 모두가 오픈을 앞두고 긴장된 표정이 역력했다.

"수고들 많으십니다."

나를 본 박수철 대리가 고개를 숙이며 인사를 건넸다.

"오셨습니까, 대표님."

함께 일본으로 출장 온 유현석 대리는 이노우에 다케히코를 데리러 갔다.

박수철이 나에게 인사를 건네는 모습에 매장에 있던 직원들도 차례로 고개를 숙여 인사를 했다.

"준비는 잘돼 가지요?"

"예, 이노우에 씨만 도착하면 모든 게 마무리됩니다."

박수철의 말처럼 한국에 있는 닉스 매장처럼 멋지게 인테리어가 되어 있었다.

오픈 일에 맞추어 제작된 실물 크기의 마이클 조던의 사진과 슬램덩크 주인공들이 매장 곳곳에 자리하고 있었다.

앞쪽에 넓은 공간에는 이노우에 다케히코가 사인회를 할 수 있게 자리가 마련되어 있었다.

"모두 잘해주었습니다. 오늘이 시작이니 마지막까지 마무리를 잘해봅시다."

"예, 최선을 다하겠습니다."

박수철의 말처럼 최선의 준비를 했다. 이젠 일본 고객들의 선택만 있을 뿐이었다.

개점을 알리는 종소리와 함께 백화점의 입구가 개방되었다.

긴 줄을 만들며 기다리던 사람들이 하나둘 백화점 안으로 들어왔다.

그리고 각자가 원하는 곳으로 발걸음을 옮겼다.

닉스 매장이 있는 곳으로도 사람들이 하나둘 방문하기 시작했다.

각자가 원하는 신발들을 살피며 매장 직원들에게 궁금한 점을 자세히 물어보았다.

일본 사람들 특유의 꼼꼼함이 잘 드러나는 모습이었다.

매장에 설치된 모니터에서 나오는 마이클 조던의 멋진 활약상을 보는 사람들도 보였다.

그들은 실제로 마이클 조던이 에어조던을 신고 경기에

임하는 모습을 확인하는 것 같았다.

꼼꼼하게 신발 상태와 디자인 그리고 가격까지 확인한 사람들이 하나둘 원하는 신발을 들고는 계산대로 향했다.

신발을 구매한 사람에게 건네준 슬램덩크의 브로마이드를 들고는 사인회를 하는 장소로 이동했다.

그때를 맞추어 이노우에 다케히코의 모습이 보였다. 그의 등장에 닉스 신발을 구경하던 사람들이 빠르게 신발을 선택하고는 사인회장으로 향했다.

어찌 보면 그에게 사인을 받기 위해서 신발을 구매하는 것처럼 보였다.

"저 사람이 그렇게 인기가 많아?"

가인이가 빠르게 늘어난 사인회장의 모습을 보며 물었다. 전 세계에 1억 부가 팔린 슬램덩크의 저자를 가인이는 잘 알지 못했다. 더구나 일본은 만화가의 수입과 대우는 한국과 많이 달랐다.

2010년 기준으로 일본의 만화가인 원피스 작가 오다에이치로가 277억 원을, 드래곤볼의 작가 토리야마 아키라가 260억 원을 벌었다.

한국에서는 불가능한 일이었다.

또한 일본의 만화가는 대중매체에서 끊임없이 다루고 TV에 출연하여 인기를 구가하며 존경을 받았다.

현재 일본에는 전문적으로 어시스턴트라고 하여 만화가를 도와주는 직업도 있었다.

"만화가를 대하는 환경이 일본하고 우리나라하고는 다른 점이 많아. 인기는 물론이고 존경까지 받고 있지. 이노우에 다케히코 씨는 최고의 인기를 구가하는 만화가 중에 하나야."

우리나라에도 허영만이나 이현세 등 인기 만화작가들이 있었지만 많은 사람에게 존경까지는 받지 않았다.

일본과 같은 환경을 이루려면 우리나라는 많이 시간이 지나야만 했다.

"그렇구나. 그럼 나도 사인 하나 받을까?"

가인이는 나를 보며 물었다.

"받아둬, 나중에 좋은 기념이 될 수 있으니까."

"예인이하고 같이 줄을 서야겠네."

"그럴 필요는 없어. 좀 있다가 사인회가 끝나면 받게 해줄게."

"그럼 좋지. 그러면 예인이하고 백화점 좀 둘러보고 올게."

"그래."

가인이는 닉스 매장을 둘러보고 있는 예인에게로 향했다.

매장의 신발들은 빠르게 팔려 나갔다.

농구화인 에어조던의 인기가 가장 좋았지만, 조깅화도 예상보다 인기가 좋았다.

이노우에 다케히코에게서 사인을 받을 수 있는 브로마이드도 덩달아 빠르게 줄어들었다.

우리가 예상했던 시간보다 1시간 일찍 사인회가 끝났다. 준비했던 300장의 브로마이드가 모두 동났다. 만약을 위해 50장을 더 준비한 것도 다 나눠주었다.

신발이 모두 슬램덩크의 브로마이드에 맞춰 팔려 나간 것은 아니었다. 뒤늦게 사인회 소식을 듣고 매장을 찾은 사람들 중에서 그냥 발걸음을 되돌린 사람들도 있었지만 적지 않은 사람이 신발을 구매했다.

반대편에 위치한 한국브랜드를 판매하는 한국관은 사람들의 관심을 얻지 못하고 있었다.

별다른 특색도 없었고 관심을 끌 만한 매장 디자인도 아니었다.

오픈 일을 맞이하여 이렇다 할 이벤트보다는 할인 판매에 초점을 맞췄다. 여러 개의 신발 브랜드가 함께하다 보니 주체가 뚜렷하지도 않았다.

한국관에 들려 신발을 둘러보던 일본 사람들은 얼마 있지 않아 대다수가 닉스 매장으로 넘어왔다.

닉스는 일본에서 접해보지 못한 신발 스타일을 바탕으로 한 뛰어난 디자인과 우수한 품질, 거기에다 일본 사람이라면 누구나 알 수 있는 인물을 내세운 광고까지 삼박자가 제대로 맞아 들어갔다.

오전에만 500켤레 이상이 팔려 나갔다.

미쓰코시백화점의 관계자들은 닉스의 선전에 놀라움을 감추지 못했다.

"닉스는 정말 다르군요. 축하드립니다."

나에게 인사를 건네는 인물은 코오롱상사의 김석중 부장이었다. 그는 한국관 개점에 맞추어 일본을 다시 방문했다.

이전에 만났던 프로스펙스와 르까프를 만드는 두 회사의 이사는 일본에 오지 않았다.

한국관에는 프로스펙스와 르카프, 액티브, 그리고 대양고무의 슈퍼카미트가 입점했다.

"아직은 알 수 없습니다. 이벤트에 맞추어서 반짝 인기로 끝날 수 있으니까요. 한국관은 어떻습니까?"

"저희는 겨우 다섯 켤레가 전부입니다. 다른 신발 브랜드도 매한가지입니다."

김석중은 고개를 절레절레 흔들며 말했다.

"사람들을 끌어들이는 이벤트를 하시지 그랬습니까?"

"후! 본사에 기획안을 올렸는데, 저희 단독매장도 아니라고 반려되었습니다. 일찌감치 이쪽에 기대를 하지 않은 것이지요."

한숨을 내쉬는 김석중은 의기소침한 표정이었다.

코오롱상사의 액티브 탄생에도 일조한 인물로 신발업에서 잔뼈가 굵고 경험이 많았다.

"아니 그러면 한국관에 왜 입점한 것입니까?"

기대도 하지 않은 곳에 경비를 들여서 입점한다는 게 이해가 되지 않았다.

"단지 보여주기식 모습입니다. 상공부(산업통상자원부)에서 지원하는 일이고 해서 참여한 것입니다. 일본에 정말 신발을 팔려는 마음이 없는 거지요. 아니, 한국 신발브랜드가 일본에는 아예 통하지 않는다고 단정을 짓고 있습니다."

김석중의 말이 이해가 안 되는 것은 아니었다. 하지만 제대로 시도도 해보지 않고 처음부터 포기하는 모습에 화가 났다.

더구나 작은 기업들이 아닌 곳들이라 실망은 더했다.

한국에서는 자신들의 신발이 최고라고 주장하는 광고를 아무렇지도 않게 내보내는 회사들이었다.

"물론 쉽지 않은 곳이지요. 하지만 시작도 안 해보고 백기를 드는 모습이 정말 우습네요."

"할 말이 없습니다. 그래도 닉스의 선전을 보니 가슴 한

편이 뿌듯합니다. 저희 몫까지 열심히 해주십시오. 요즘 들어 이 일에 대한 회의가 점점 드네요."

말을 하는 김석중 부장의 모습이 왠지 힘이 없어 보였다. 뭔가를 해보고 싶어도 지원을 해주지 않는 상황에서는 힘이 날 리가 없었다.

"한국에는 언제 돌아가십니까?"

"내일 들어갑니다."

"혹시 저녁때 시간 되시면 저녁이나 함께하시죠?"

"좋습니다. 강 대표님께 여쭤볼 말도 많았는데 잘됐네요."

"그럼 저녁 7시에 이곳에 뵙죠."

"알겠습니다."

김석중과 저녁 약속을 하고 돌아설 때에 가인이와 예인이가 오고 있었다.

한데 그 뒤로 선글라스를 쓴 한 남자가 뒤따라오는 것이 보였다.

계속해서 두 사람에게 말을 붙이려고 애쓰고 있었다.

"무슨 일이냐?"

내가 가인이게 물었다.

"연예 프로덕션이라고 하면서 명함을 계속 주려고 하는 것 같아."

가인이와 예인이의 외모가 국제적으로 통한다는 것을 보여주는 일이었다. 어디를 가든 두 사람의 미모는 빛이 났다.

사내는 일본말을 모르는 두 사람에게 어떻게든 자신을 소개하려고 애쓰는 모습이었다.

"무슨 일입니까?"

나는 사내에게 일본말로 물었다.

"아, 예. 저는 켄온의 다나카 마사히토라고 합니다."

그는 내 말에 정중하게 명함을 내밀며 자신을 소개했다.

켄온은 1979년에 설립된 일본의 대형 연예 기획사 중 하나이다. 원래는 전문지 출판회사인 켄온출판에서 파생한 회사였다.

79년 독립한 후에 80년대 후반부터 불기 시작한 트랜디 드라마의 붐에 발맞춰서 급성장한 회사였다.

90년대를 지나 2000년대에 들어서는 각 민방의 주요 시간대 드라마의 주연급 점유율이 매우 높아져 켄온 없이는 드라마를 만들 수 없다는 소리까지 듣게 되면서 일본 방송계에 어마어마한 영향력을 끼치는 대형 매니지먼트 회사가 된다.

나는 받아 든 명함을 살피면서 물었다.

"여기 있는 두 사람에게 무슨 볼일이 있습니까?"

"예, 두 분이 너무 미모가 뛰어나셔서 저희 프로덕션에 한 번 방문해 주시길 부탁하고자 합니다."

다나카는 고개를 숙이며 말했다. 한마디로 가인이와 예인이를 캐스팅하고 싶다는 말이었다.

"두 사람은 한국 사람입니다. 더구나 공부를 하는 학생입니다."

"예, 괜찮습니다. 한 시간만 시간을 내주시면 정말 고맙겠습니다."

다나카는 다시 한 번 고개를 숙이며 말했다. 명함에 있는 주소를 보니 켄온은 긴자거리에 자리 잡고 있었다.

닉스 매장에서 나머지 일을 보는 와중에도 다나카는 망부석처럼 자리를 지키고 서 있었다.

"저 친구, 고집이 대단하네."

"그렇게 말이야. 싫다고 의사 표현을 확실히 했는데도 꿋꿋하게 서 있네."

가인이의 말처럼 한국에서도 여러 번 겪었던 일이었기에 거절 의사를 명확하게 전달했다.

"그래도 직업의식은 투철한 것 같아. 일은 아직 끝나지 않은 거야?"

예인이는 다나카의 모습을 나쁘게 보지 않았다.

"어, 다 끝났어."

그때 마침 영업총괄 매니저인 사사키 테츠오가 닉스 매장에 모습을 보였다.

"다행히 아직 계셨네요."

"아, 네. 이제 막 가려고 하던 참이었습니다."

"대표님께서 식사를 대접하고 싶으시다고 연락이 왔습니다."

사사키가 말하는 인물은 미쓰코시백화점의 대표이사인 카즈키 마모루였다.

"어쩌죠? 오늘은 선약이 있습니다. 내일은 괜찮을 것 같습니다."

코오롱상사의 김석중 부장과 저녁 약속을 잡았다.

"그럼 내일 저녁으로 약속을 잡아놓겠습니다."

"그렇게 하십시오. 아, 그리고 혹시 켄온이라는 연예프로덕션을 아십니까?"

나는 다나카에게서 받은 명함을 사사키에게 보여주며 물었다.

"켄온이라면 요새 방영되고 있는 닛폰 TV 인기드라마의 여주인공인 야마구치 토모코 씨가 소속된 회사입니다. 제가 그녀의 팬이어서 잘 알고 있습니다. 켄온과 작업을 하시려고 하십니까?"

다나카는 궁금한 듯 물었다. 닉스가 만화가인 이노우에

다케히코의 슬램덩크를 광고에 이용하자 다른 일본 배우에게도 관심을 두고 있는지 물은 것이다.

"아닙니다, 켄온프로덕션이 이상한 곳이 아닌가 궁금해서요."

"이상한 곳은 아닙니다. 유명 배우들과 모델이 속해 있는 유명한 연예프로덕션입니다. 이곳에서 얼마 떨어지지 않은 곳에 있는 걸로 알고 있습니다."

사사키의 말에 켄온이 불법적이거나 성인물을 취급하는 연예프로덕션이 아니라는 것이 확인되었다.

"알려줘서 고맙습니다. 그럼 내일 뵙겠습니다."

"예, 그렇게 전하겠습니다."

사사키와의 대화를 마치고는 가인과 예인이와 함께 미쓰코시백화점를 나섰다.

아니나 다를까 켄온의 다나카 마사히토 또한 우리를 따라서 나왔다.

마치 어딜 가든 따라붙을 생각처럼 말이다.

"안 되겠다. 잠깐만 여기서 기다려 봐."

나는 따라오는 다나카에게 걸어갔다.

"이봐요, 어디까지 따라올 생각입니까?"

"죄송합니다. 한 번만 제게 시간을 내주십시오. 딱 30분이면 됩니다. 예의가 아닌 걸 알지만 제가 이 기회를 놓치면 평생을 후회할 것 같아서 그렇습니다."

말을 마친 다나카는 구십 도로 고개를 숙였다. 시간도 1시간에서 30분으로 줄여서 말했다.

"도대체 무슨 기회를 말하는 것입니까?"

평생 후회할 것 같다는 다나카의 말이 궁금했다.

"송가인 씨와 송예인 씨의 얼굴은 예쁜 것만이 아니라 사람을 끌어들이는 매력이 있습니다. 아니, 마력이라는 말이 더 어울리겠네요. 제가 이 일에 종사하는 동안 수많은 사람을 접하면서 얻게 된 감이 있습니다. 지금까지 두 분에게서 받은 느낌과 같은 사람이 단 한 사람도 없었습니다."

다나카가 느낀 것처럼 나도 두 사람에게서 받은 첫 느낌은 일반적인 미인과는 다르다는 것이었었다.

그때 문득 한국에서 가인이와 예인이를 닉스의 모델로 기용했을 때가 생각났다.

두 사람 덕분에 닉스를 알리는 데 크게 도움을 받았었다.

한국에서 얼굴이 알려지면 불편한 점이 많아서 닉스 모델을 그만두었지만 계속하지 못했던 것이 조금은 아쉬웠던 것은 사실이었다.

다나카의 말처럼 사람들을 끌어당기는 마력이 느껴지는 가인이와 예인이를 다시금 닉스의 모델로 내세울 수 있다면 일본 시장에서 닉스를 더 빠르게 알릴 수도 있지 않을까

하는 생각이 들었다.

더구나 일본은 가인이와 예인이가 얼굴이 알려져도 문제될 것이 없었다.

"잠깐만 기다려 보세요. 당사자들에게 한번 이야기해 볼 테니."

"아! 예. 감사합니다. 정말 감사합니다."

다나카는 내 말에 고개를 연신 조아렸다.

"어쩌냐, 저 친구 계속 따라올 거 같다."

"따라오지 못하게 한 대 쥐어박을까?"

내 말에 가인이다운 말이 튀어나왔다.

"그래서 될 문제가 아니야. 켄온이라는 회사를 사사키 씨에게 물어봤는데 괜찮은 연예프로덕션이라고 하더라. 저 사람의 소원이라고 하니까 그냥 한 번 들어주고 가자. 아니면 정말 한국까지 따라올 태세다."

"아까하고 말이 다르네."

가인이가 다나카와 나를 번갈아 쳐다보며 말했다.

"솔직히 저 사람의 직업정신에 반해서 그래. 너하고 예인 이에게서 지금까지 어떤 여자에게서 볼 수 없었던 아우라가 느껴졌단다. 30분만 시간을 내달라고 하니까, 잠깐 들렀다가 가자."

"그래도 보는 눈은 있네."

내 말에 가인의 말투가 조금 누그러졌다.

"그러지 뭐. 오빠가 괜찮다면 난 괜찮아."

착한 예인이는 언제나처럼 나의 말에 따라주었다.

"가인이는 어떡할래?"

"정확히 30분이야. 더는 안 된다고 말해."

"당연하지. 나도 이런 일로 오랫동안 시간을 빼앗기기는 싫다."

우리 세 사람을 간절한 마음으로 바라보고 있던 다나카 에게 고개를 끄떡였다.

Chapter 6

켄온의 사무실이 있는 건물은 10분 정도 되는 거리에 있었다. 나중에 새롭게 켄온이 들어와 건물 전체를 사용하였다.

지금은 7층 건물에 3개 층을 쓰고 있었다.

다나카의 안내로 5층으로 올라갔다.

5층은 카메라 테스트를 할 수 있는 곳이었다. 다나카는 캐스팅도 했지만, 원래 주 업무는 배우들의 스케줄을 관리하는 부서의 팀장이었다.

"이곳에서 잠시만 기다리십시오. 금방 돌아오겠습니다."

접견실처럼 꾸며진 곳으로 안내한 다나카는 양해를 구하며 자리를 떠났다.

접견실에는 켄온에 속해 있는 배우와 가수들의 사진이 벽면에 걸려 있었다.

그리고 그가 나가자마자 여직원이 음료수와 차가 포함된 다과상을 들고 안으로 들어왔다.

"사무실은 나쁘지 않은 것 같은데"

가인이가 여러 배우들의 사진이 걸려 있는 벽면을 보며 말했다.

"일본에서 나름대로 위치가 있는 연예프로덕션이라니까."

"한국에서도 가보지 않았던 연예프로덕션을 일본에서 와보네."

예인이가 여직원이 가지고 온 음료수를 마시며 말했다.

"그렇게 말이야. 기회는 있었지만 가보지는 않았는데 말이야."

가인이의 대답처럼 가인이와 예인이는 수시로 길거리 캐스팅을 당했다.

수수한 옷차림이라도 두 사람은 어디서나 눈에 띄었다. 아니 튄다고 하는 것이 가장 정확한 말일 것이다.

"일본은 한국과 달리 배우나 가수를 더 체계적으로 관리한다는 말을 들었어."

"체계적으로 관리하든 안 하든 이런 쪽으로는 난 관심 없어."

가인이는 일본 전통 과자를 하나 집어 들면서 말했다.

'이번에는 이 오빠를 위해서 조금만 관심을 가져졌으면 좋겠다.'

"예인이도 이런 쪽에는 관심이 없니?"

"나도 그다지 끌리지는 않더라. 이쪽 일은 내 개인적인 생활을 많이 포기해야 하는 일이니까. 난 내가 언제든지 하고 싶은 일을 하는 것이 좋은 것 같아."

예인이도 크게 다르지 않은 생각을 하고 있었다.

그때였다.

문이 열리고 다나카보다 조금 더 나이가 들어 보이는 인물이 다나카와 함께 들어왔다.

"이분은 켄온의 대표이사이십니다."

다나카가 함께 들어온 사내를 소개했다.

"노자키 아키히로라고 합니다."

노자키 아키히로는 정중하게 인사를 건네며 명함을 나에게 내밀었다.

아마도 다나카에게서 내가 두 사람을 책임지고 있는 사람이라고 들은 것 같았다.

"강태수라고 합니다."

나 또한 닉스의 명함을 내어주었다. 닉스의 일본 진출에 맞추어 이번에 새롭게 만든 명함으로 뒷면에는 일본어로 되어 있었다.

"오! 닉스면 지금 긴자거리를 뒤덮고 있는 광고 속의 닉스를 말하는 건가요?"

노자키 또한 닉스의 광고를 보았는지 닉스를 알고 있었다.

"예, 맞습니다."

"하하하! 보기 드문 멋진 광고였습니다. 정말 NBA의 마이클 조던과 계약하신 것입니까?"

그는 슬램덩크의 이노우에 다케히코보다 마이클 조던에 관심을 더 두고 있었다.

광고업계에서 마이클 조던은 무척이나 까다롭고 섭외하기 힘든 인물이었다.

일본의 한 기업에서도 상당한 돈을 들여서 마이클 조던을 광고모델로 섭외하기 위해 노력했지만 결국 무산되었다.

"예, 조던이 저희 신발을 뛰고 경기에 임한 후에 결정한 것이지요."

"정말 대단합니다. 그 까다로운 선수와 계약을 이루어내시다니."

그의 입장에서는 일본에서도 못 한 일을 해냈다는 것이 믿기지 않은 듯했다. 그만큼 한국의 이미지가 국제적으로나 일본 입장에서는 아직은 그럴 위상이 아니라고 여긴 것이다.

"아닙니다. 서로에게 유익한 계약이었기에 가능한 것입니다. 한데 저희를 이곳으로 데려온 이유가 있습니까?"

인사치레는 이 정도로 되었기에 본론적인 이야기를 꺼냈다.

"예, 세 분에게 켄온에 대한 정확한 설명과 함께 카메라 테스트를 하고 싶어서입니다."

노자키는 말을 하면서 앉아 있는 가인이와 예인이를 유심히 쳐다보았다.

켄온은 음악 중심의 회사였지만 시간이 지나면서 가수보다는 모델과 배우들이 회사의 중심이 되었다.

"한데 어떡하죠? 두 사람이 그다지 이쪽 일에 관심을 보이지 않아서요."

"물론 처음부터 관심을 가지는 사람들도 있지만 그렇지 않은 분들도 있습니다. 그건 당연한 일입니다."

노자키는 내 말에 당황한 기색은커녕 아랑곳하지 않았다.

"들으셨겠지만 국적도 다르고 두 사람은 일본어를 모릅니다."

"예, 들었습니다. 모든 것이 맞지 않은 상황에서도 다나카 팀장이 이렇게나 적극적으로 나섰던 적이 없었습니다. 전 그의 눈을 의심하지 않습니다. 저희에게 한 번만 기회를 주시지요."

40대 중반으로 보이는 노자키가 정중한 어투로 말을 했다.

나는 노자키의 말을 가인이와 예인이에게 그대로 전했다.

"이왕 여기까지 왔는데 카메라 테스트는 하고 가지 뭐."

"이런 경험도 재미있을 것 같아, 나도 할게."

가인이와 예인이 둘 다 카메라 테스트는 하는 걸로 했다. 카메라 테스트를 할 수 있는 곳으로 이동하기 위해 가인이와 예인이가 일어나자 노자키의 눈이 크게 커지는 것이 보였다.

두 사람의 키가 다나카에게 전해 들은 것보다 훨씬 커 보인 것이다.

사실 노자키와 다나카보다도 가인이와 예인이의 키가 더 컸다.

거기에 쌍둥이라고 하지만 서로가 개성이 뚜렷했고 외모

또한 달랐다. 8등신 미인이라는 저절로 소리가 나올 정도로 몸매도 남달랐다.

방송국의 스튜디오처럼 꾸며놓은 곳으로 안내된 두 사람은 방송용 카메라 앞에 섰다.

카메라 또한 방송국에서 사용하는 TV 방송용 카메라였다.

밝은 조명 아래에서 고성능 카메라에 찍힌 두 사람의 얼굴은 작은 점 하나 없는 아주 깨끗하고 투명한 얼굴이었다.

전체적인 밸런스는 물론 카메라에 잡힌 모습도 흠잡을 데가 없었다.

카메라맨이 요구하는 표정과 자세 또한 가인이와 예인이는 자연스럽게 표현했다.

고등학교 1학년 때부터 해온 연극부 생활과 수필가이자 유명 시인이었던 어머니의 영향으로 두 사람 다 감수성이 풍부했다.

TV 카메라 테스트가 끝나자 일반적인 인물 사진 카메라 테스트에도 임했다.

패션 화보를 찍는 모델들이 취하는 다양한 포즈를 두 사람이 선보였다.

"스고이데스(굉장합니다)!"

"스바라시(멋져요)!"

켄온에 속해 있는 전속 사진작가는 감탄사를 연신 내뱉으며 카메라의 버튼을 연신 눌렀다.

지금까지 이만한 모델을 만나지 못했다는 듯이 표정에 놀라움이 묻어나왔다.

그러한 모습을 지켜보는 노자키와 다나카 또한 점점 벌어지는 입을 다물지 못했다.

한마디로 가인이와 예인이는 진정 타고난 모델이었다.

카메라 테스트가 끝나자 다나카는 더욱 애가 탔다.

켄온의 대표인 노자키는 애써 태연하려고 했지만 그렇지 못했다.

그들의 입장에서 가인이와 예인이는 10년에 한 번 나올까 말까 하는 대형 스타가 될 수 있는 재목이었다.

이대로 두 사람을 보낸다면 다나카의 말처럼 평생 후회할 수도 있는 상황이었다.

"혹시 한국에서 두 분이 연예 활동을 한 적이 있습니까?"

노자키가 조심스럽게 물었다.

"아니요, 없습니다. 이번처럼 제의는 있었던 것으로 압니다."

"솔직하게 말씀드려 두 분에게 정말 욕심이 생겼습니다.

이런 느낌을 받은 게 정말 오랜만입니다. 두 분은 이 분야에서 반드시 성공할 수 있는 타고난 기질과 재능이 보입니다. 아니 모든 걸 갖추었습니다."

노자키의 말투는 조금 흥분되어 있었다.

"글쎄요. 당사자들의 의사가 가장 중요하다고 생각합니다. 아직은 학생 신분이고 본인들이 이쪽 분야에 대해 그다지 관심을 두지 않고 있습니다."

나는 담담하게 이야기했다.

"예, 물론 그러실 것입니다. 두 분이 다니는 서울대는 한국에서 최고의 대학으로 알고 있습니다. 타고난 외모는 물론 머리까지 명석하시니 더욱 탐이 납니다. 저희가 최고의 대우를 해드리겠습니다. 저희가 두 분께 부와 명예를 드릴 수 있도록 하겠습니다."

가인이와 예인이가 한국에서 어느 학교에 다니는지 몇 학년인지를 카메라 테스트 때 물었었다.

"최고의 대우를 말씀하시는 것은 고맙지만, 두 사람은 돈보다는 자신이 하고 싶은 걸 할 겁니다."

"저희가 어떻게 하면 되겠습니까? 뭐든지 두 분에게 맞추겠습니다."

노자키는 어떻게든지 가인이와 예인이를 붙잡고 싶었다.

"후! 제가 결정할 문제는 아닌 것 같습니다. 두 사람과 이야기를 나눈 후에 연락을 드리겠습니다."

내가 말을 끝내고 켄온을 떠나려 하자 노자키는 재빨리 말을 이었다.

"학업에 방해되지 않게끔 방학 때를 이용해서 활동할 수 있게 저희가 조종하겠습니다. 처음은 모델로만 활동하시면 됩니다. 대학 졸업 후에 본격적으로 활동하시더라도 두 분이 하고 싶은 일이 있으시다면 저희가 적극적으로 협조하겠습니다."

'음, 그것도 좋은 방법이네. 방학 때만 활동하면 학업에도 크게 지장이 없을 것 같고…….'

"충분히 알겠습니다. 켄온의 의사를 두 사람에게 정확하게 전하겠습니다."

"좋은 소식을 기다리고 있겠습니다. 오늘 귀한 시간을 내주셔서 정말 감사했습니다."

켄온의 사장 노자키는 자리에서 일어나 우리에게 정중히 고개를 숙이며 인사를 건넸다.

켄온의 방문은 나쁘지가 않았다. 대표적인 일본의 연예 프로덕션에서 가인이와 예인이의 성공 기능성을 상당히 높게 보았다.

노자키가 최고 대우를 내세운 걸 보면 일본에서도 가인이와 예인이는 통할 수 있다는 말이었다.

켄온에서 나온 우리는 늦은 점심을 먹기 위해 긴자에서 잘 알려진 초밥집에 들어갔다.

"답답해서 일본어를 배우든지 해야지. 뭐라고 말한 거야?"

가인이가 궁금한 듯 자리에 앉자마자 물었다.

"최고의 대우를 해주겠대. 거기에 학교를 다니는 동안은 방학을 이용해서 활동할 수 있게끔 해주겠다고 하더라."

"사람이 그래도 생긴 거와 달리 나쁘지 않네."

"생긴 게 어떤데? 내가 볼 때는 문제없던데."

"난 콧수염을 기르는 남자는 질색이거든"

가인이는 뭔가를 떠올리는지 정색을 하며 말했다.

"언니는 수염을 기른 남자를 싫어해."

예인이의 말에 가인의 반응이 궁금했다.

"그럼 내가 만약 수염을 기르고 싶다면 어떻게 할 건데?"

내 말에 가인이는 나를 지그시 바라보며 말했다.

"오빠가 기르고 싶으면 길러야지. 한데 여자 친구가 싫다고 하는 것을 억지로 하는 인간의 최후가 어떨지가 갑자기 궁금해진다."

가인의 눈은 웃고 있었지만 입에서 나오는 말을 싸늘했다.

가인이는 한다면 하는 여자였다.

"하하! 농담도 못 하나. 한데 왜 그렇게 콧수염을 기른 사람이 싫은 거야?"

"당연하지. 절대 콧수염을 기를 생각하지 마. 어렸을 때 TV 드라마에 나오는 일본 순사를 보면 대부분이 콧수염을 길렀잖아. 그래서 콧수염을 기르면 나쁜 사람이구나 하고 인식하게 되었는데, 커 가면서 만났던 콧수염을 기른 사람과는 좋지 않은 일이나 안 좋은 기억뿐이야. 아빠를 배신한 사람도 콧수염을 길렀었고."

가인이에게 콧수염은 트라우마였다. 콧수염을 기른 사람과 좋은 경험도 없었고 잘 지낸 적도 없었다.

"그래 맞아, 아빠가 조금만 수염을 기르려고 하면 언니가 전기면도기를 가져다가 깎아버렸으니까."

예인이의 말에 가인이가 정말 싫어한다는 것을 깨달았다.

나는 재빨리 화제를 돌렸다.

"알겠습니다. 켄온 사장의 제의는 어떻게 생각해?"

"별 관심 없어. 신경을 써준다는 것은 고맙지만 난 지금 생활에 만족해."

가인이는 크게 마음에 두지 않는 것 같았다.

"예인이도 그러니?"

"글쎄, 방학 동안 잠깐 시간을 내는 것은 나쁘지 않을 것 같은데. 아르바이트한다고 생각하면 말이야."

예인이는 가인이와 같은 생각이 아니었다.

"나도 아르바이트 개념이라면 괜찮을 것 같다는 생각이 든다. 학비는 장학금으로 문제가 되지 않겠지만, 너희가 대학 생활 동안 풍족하게 용돈을 쓰려면 아르바이트를 해야 할걸."

화물선을 타고 세계를 누비고 있는 송 관장이 보내주는 돈이 있었지만 두 사람은 그 돈을 한 푼도 쓰지 않고 고스란히 모으고 있었다.

가인이나 예인이도 지금 사는 집이 은행에 빚을 지고 있다는 것을 알고 있었다.

그 때문인지 송 관장의 돈은 건들지 않고 닉스에 모델로 활동할 때 받은 돈을 사용하고 있었다.

내가 집 문제를 해결했다는 것을 아직 두 사람에게 말하지 않고 있었다.

나는 송 관장의 집에 머무는 대신 매월 나오는 공과금과 각종 세금을 내주었다.

"음, 아르바이트라. 얼마나 받을 수 있는데?"

내 말에 가인이도 반응을 보였다.

"잡지 광고 같은 것은 모르겠지만, 전에 찍었던 닉스 광고와 비슷한 광고를 촬영한다면 천만 원은 받지 않을까?"

"닉스 광고는 너무 힘들어, 시간도 오래 걸리고. 아까처럼 사진만 찍고 하면… 생각은 해볼 수 있지."

가인이의 생각이 바뀌었다. 사실 나도 이전처럼 닉스 광고를 찍을 생각은 없었다.

때마침 주문한 초밥이 나왔다.

"우선, 먹고 한번 생각해 보자."

"와! 정말 맛이겠다."

"생선 크기가 다르네."

내 말에 배고픈 두 사람은 감탄사를 터뜨리며 초밥을 먹기 시작했다.

가인이와 예인이를 함께 도쿄 중심지의 관광을 했다. 관광을 마친 두 사람은 호텔로 돌아갔다.

나는 코오롱상사의 김석중 부장을 만나기 위해 미쓰코시 백화점으로 향했다.

Chapter 7

미쓰코시백화점에 도착하자마자 닉스 매장으로 향했다.

오후 실적이 궁금해서였다.

"지금까지 737켤레가 팔려 나갔습니다."

매장에 있던 박수철 대리의 말이었다.

미쓰코시백화점에서는 닉스의 매출을 상당히 고무적인
일로 받아들였다. 하지만 내가 생각했던 판매량에는 조금
모자란 결과였다.

"음, 그럼 오후에는 200켤레가 팔려 나간 거네요?"

"예, 그렇습니다."

오전에만 500켤레가 넘게 팔려 나갔었다.

판매량의 차이는 오전에 있었던 슬램덩크를 그리고 있는 이노우에 다케히코의 사인회 영향이 컸다.

"다른 특별한 상황은 없었습니까?"

"예, 마이클 조던이 광고에 나와서 미국제품인 줄 알고서 사갔다가 닉스가 한국브랜드라는 것을 알고는 반품을 요청한 것이 2건 있었습니다."

"신발에 문제가 있었던 것은 아니고요?"

"신발의 문제는 없었습니다. 신발의 디자인이나 품질은 괜찮은 것 같은데, 한국 제품이라서 믿지 못하겠다고 말했습니다."

한국의 신발제조기술은 세계적이었다. 문제는 한국의 국가 이미지가 아직은 일본인에게 신뢰를 주지 못한 결과였다.

첫걸음에 모든 걸 만족할 수는 없었다.

"우리가 넘어야 할 문제입니다. 판매 직원들에게 고객들에게 들었던 요구 상황들을 하나도 빼놓지 말고 말해달라고 하세요."

"알겠습니다."

박수철 대리와 이야기를 끝마칠 때쯤에 코오롱상사의 김석중 부장이 닉스 매장으로 걸어왔다.

"오셨습니까?"

"예, 한국관은 어떻습니까?"

"신통치가 않습니다. 일본 고객들이 보통 까다로워야지요. 오후부터는 아예 매장에 들어오는 손님이 없었습니다."

김석중의 말처럼 한국관에서 팔려 나간 신발은 4개 회사를 합해도 50켤레도 되지 않았다. 매장 개점에 맞추어 30%의 할인 행사를 했지만 결과는 참담했다.

"실망이 크셨겠습니다."

"예상되었던 결과입니다. 아무런 준비 없이 무작정 가격을 할인한다고 해서 신발이 팔리는 것은 아니지요. 700켤레 넘게 판매된 닉스의 선전에는 정말 놀랐습니다. 제가 궁금해서 직원분께 슬쩍 물어봤었습니다."

"저희도 오후에 들어서는 판매량이 줄었습니다. 아마 내일은 절반 정도로 내려갈 것입니다."

"그래도 대단하십니다. 오늘 말씀드리지만 처음 강 대표님의 명함을 받고는 깜짝 놀랐었습니다. 저는 정말 영업부 과장님인 줄 알았으니까요. 그 나이에 과장도 정말 빠른 편인데 말입니다."

김석중 부장과는 한국에서 만났었다.

닉스 본점이 가로수길에 생기고 유행에 민감한 젊은 사

람들이 모여들자 그 또한 관심을 두고 닉스 본사에 있는 판매장을 찾았다.

그때 직원들과 이야기를 나누고 있는 나를 보았고, 닉스 대표라는 사실을 알게 되었다.

처음 일본에서 만났을 때는 그에게 영업부 과장이라 소개했었다.

"사람을 만나면 제 나이 때문에 저도 좀 난감할 때가 많습니다. 배도 출출한데 가실까요?"

"예, 그러시지요."

김석중은 나이를 떠나 나에게 깍듯했고 예의 있게 행동했다.

이전에 함께 저녁을 먹었었던 일식집으로 향했다.

조용하게 이야기하기 좋은 장소였다.

저녁을 먹으면서 김석중의 이야기를 경청했다. 그 또한 닉스의 한광민 소장처럼 신발 분야만 파고들었던 사람이었다.

코오롱상사에 입사하기 전부터 신발 업체에서 일했었다.

코오롱상사가 미국과 남미 그리고 북아프리카에도 신발을 수출하는 데 한몫 거들었던 인물이기도 했다.

그러는 와중에 브랜드의 한계성과 세계적인 추세에 뒤떨

어지는 신발 디자인을 경험했다.

이러한 경험을 통해 김석중 부장은 생산기술 면에서는 세계 정상이지만, 새로운 제조 기술 개발과 디자인을 등한시한 대한민국의 신발업계가 얼마 안 있어 벽에 부닥칠 수밖에 없다는 것을 예상했었다.

그는 많은 제안서를 회사에 제출하여 변화를 주려고 했지만 대부분 예산 문제와 인력수급 문제를 들어서 채택되지 못했다.

회사는 미래를 위해 인재를 키우는 곳이 아니었고, 새로운 도약을 위한 과감한 투자 또한 주저했다.

그것은 코오롱상사만의 문제가 아니었다.

결과적으로 경쟁력이 떨어진 대다수의 국내 신발업체는 좁은 한국 땅에서만 경쟁하게 되었고, 거기에 인지도 높은 외국 신발 브랜드까지 가세하여 작아진 파이를 갖고 싸웠다.

한때 성장세가 높았던 신발산업은 근시안적인 투자와 디자인 분야를 등한시한 결과 점차 낙후 산업으로 바뀌어 버렸다.

한국관에 참여한 슈퍼카미트의 대양고무 또한 1987년에는 대한무역진흥공사에서 세계일류화 상품 업체로 선정되기도 했던 회사였다.

"솔직히 이곳에 오고부터 더 확실히 알게 되었습니다. 닉스가 왜 경쟁력이 있는지를 말입니다. 저도 닉스를 한때의 유행으로 치부한 적이 있었습니다. 하지만 오늘 닉스가 보여준 역량은 한때의 유행이 아니라, 앞으로 세계적인 브랜드로 발돋움할 수 있다는 것을 여실히 보여준 사건이었습니다."

김석중은 온종일 미쓰코시백화점에 머물며 한국관과 닉스 매장을 살펴보았다.

그리고 확실하게 국내 신발업체와 닉스와의 차이를 깨닫게 되었다.

신발의 디자인과 기능을 떠나서 직원들의 열정과 마케팅 방법이 확연히 달랐다.

"너무 좋게만 보셨습니다. 아직은 그 정도는 아닙니다."

"아닙니다. 제가 이 분야에 종사한 지도 15년이 다 되어 갑니다. 지금까지 많은 신발업체를 보아왔고 외국신발업체들도 방문했었습니다. 처음에는 승승장구하던 신발업체들도 있었지만 그건 경기가 좋았고 시장 또한 성장할 때였습니다. 닉스는 지금 어려움을 겪고 있는 국내 신발 시장에서 스스로 해답을 찾고 놀랍게 성장하고 있는 회사입니다."

김석중은 자신이 닉스에게 받았던 느낌을 그대로 말하고 있었다.

"좋게 봐주시니 감사합니다."

"객관적으로 말한 것뿐입니다. 정말이지 나이를 잊게 하는 강 대표님의 식견과 마케팅 방식은 존경합니다. 제가 아직도 많이 배워야겠구나 하는 생각이 들었습니다."

"하하하! 이렇게 칭찬을 해주시니 먹지 않아도 배가 부르네요. 제가 오랫동안 김석중 부장님을 뵙지는 않았지만, 신발업에 대한 애정이 깊다는 것을 알고 있습니다. 해서 드리는 말씀인데, 저희와 한 번 같이 일해보시는 게 어떻겠습니까?"

생각지도 못한 나의 말에 김석중 부장의 눈이 크게 커졌다.

"하하! 지금 농담으로 하신 말씀은 아니시죠?"

김석중은 애써 침착한 표정을 지으며 되물었다.

"아닙니다. 이런 말을 드리면 불쾌하실 수도 있겠지만, 일본에 오기 전에 김 부장님에 대한 이야기를 주변에서 전해 들었습니다. 저희 닉스는 한국 시장이 목표가 아닙니다. 이미 미국 진출에 대한 준비가 갖춰진 상태입니다. 일본 시장 진출은 이제 막 시작이라고 보시면 됩니다. 어떻게 들리실지는 모르겠지만, 한국의 닉스로 머무는 것이 아닌 전 세계의 닉스가 되는 것이 회사의 목표입니다."

누가 들었다면 허무맹랑한 이야기일 수도 있었다. 하지

만 나의 말은 현실로 되어가고 있었고 그걸 김석중은 오늘 미쓰코시백화점에서 보았다.

'닉스라면 가능할지도 모른다. 닉스라면……'

김석중이 지금까지 꿈꿔왔던 일이고 늘 바라던 목표였다. 그는 내 말에 오랫동안 잠자고 있던 가슴이 빠르게 뛰기 시작했다.

예상한 대로였다.

닉스의 판매량이 어제보다 절반이 조금 못되게 떨어졌다.

이노우에 다케히코의 사인회가 판매량에 영향을 미친 것이 맞았다.

아직 일본에 닉스가 파고들기 위해서는 시간과 홍보가 필요했다. 그나마 고무적인 것은 닉스의 전체 신발 중에서 특정 신발이 판매량을 이끌지는 않았다는 점이다.

판매된 남녀신발 비율도 비슷했다.

다행히도 3일째 되는 날은 전날과 비슷하게 판매량이 이어졌다.

일본을 떠나기 전 미쓰코시백화점의 판매 직원들과 저녁 식사를 함께했다.

긴자거리에 위치한 유명한 중식당으로 맛은 정평이 나

있었지만, 가격이 비싼 곳이었다.

"잘해주셨습니다. 앞으로 여러분들이 일본 닉스를 책임지시는 분들입니다. 지금처럼 최선을 다해 주시면 닉스는 일본에서도 반드시 성공할 것입니다. 오늘은 마음껏 드시고 그동안 준비하느라 힘들었던 것을 잊으시기 바랍니다."

말을 마친 나는 정중히 직원들에게 머리를 숙였다.

여섯 명의 판매직원들이 힘차게 박수를 쳐 주었다.

짝짝짝!

그때 한 직원이 손을 들었다. 권숙희라는 한국 이름을 가진 20대 후반의 재일교포 여직원이었다.

"질문 하나 해도 되겠습니까?"

판매직원들 모두가 재일교포라 어눌했지만 한국말을 조금 할 줄 알았다.

"예, 말씀하세요."

"대표님의 말씀은 잘 들었습니다. 지금껏 이렇게 좋은 곳에서 회식을 하는 건 처음입니다."

권숙희의 말에 동료들의 웃음이 터져 나왔다.

까르르!

"하하하! 그게 질문입니까?"

"아닙니다. 닉스는 한국의 신발회사 중에서 1등을 하는 회사라고 들었습니다. 일본에서도 1등을 할 수 있을까요?"

생뚱맞은 질문이었다.

일본 신발 시장에서 선두를 달리고 있는 회사는 일본브랜드인 아식스였다. 그 뒤를 같은 일본 회사인 미즈노와 나이키 그리고 퓨마 등이 쫓고 있었다.

물론 아디다스와 리복도 판매량이 만만치가 않았다.

"닉스는 1등을 하려고 일본에 온 것입니다. 물론 지금 당장 1등을 할 수는 없습니다. 하지만 반드시 여러분과 제가 그 일을 해낼 것입니다. 그때 다시 똑같은 질문을 제게 해주십시오. 닉스가 얼마나 빨리 그 일을 해냈다는 것을 여러분이 알게 될 것입니다."

와! 짝짝짝!

판매사원들과 자리를 함께한 두 명의 대리가 함성을 지르며 힘껏 손뼉을 쳤다.

다시 한 번 닉스가 일본에 진출한 정확한 이유를 되새김질하는 말이었다.

분명 닉스는 일본의 신발 시장을 정복하러 온 것이다. 어중간하게 신발을 팔려고 이곳에 판매장을 설립한 게 아니었다.

그렇기 때문에 많은 돈을 들여가면서 광고를 진행했다.

식사가 끝나고 나서 직원들 각자가 마음에 들어 했던 닉스 신발을 나눠주었다.

판매를 시작하기 전 일본 직원들에게 닉스 신발에 대한 평가를 해달하고 했을 때에 직원들의 마음을 알아두었었다.

뜻밖의 선물을 받은 직원들의 얼굴에는 밝은 미소가 서렸다.

지금 눈앞에 있는 판매직원들이 잘해주어야만 했다. 이들은 닉스의 일본 정벌에 있어 특공대나 마찬가지였다.

*　　　*　　　*

한국으로 돌아오는 비행기 안에서 일본 출장의 결과를 정리했다.

가인이와 예인이는 많은 관광지를 돌아다녀서인지 잠을 청하고 있었다.

두 사람과 계약을 원했던 켄온 연예프로덕션과의 일은 서두르지 않기로 했다.

켄온이 제시한 조건보다 더 좋은 조건으로 계약하기 위해서라도 지금 당장 결정을 할 필요는 없었다.

박상미도 무사히 일본을 떠났다. 일본 방문 중에도 그녀를 일부러 만나지 않았다.

혹시나 그녀가 위험해질 수 있는 일을 만들지 않기 위해서였다.

그녀는 이제 새로운 모습으로 새로운 세상에서 남은 인생을 살아갈 수 있게 된 것이다.

그녀가 성형수술을 한 병원은 그녀와 관련된 정보를 하나도 남김없이 삭제해 버렸다.

박상미가 일본에 머물렀다는 어떠한 정보도 찾을 수 없도록 만들었다.

그녀를 보호하고 경호했던 드리트리 김과 율리냐도 일본을 떠날 수 있게 되었다.

두 사람은 한국으로 향하고 있는 지금의 비행기에 함께 탑승하고 있었다.

박상미가 스페인으로 떠나기 전 나에게 전해주라고 한 편지에는 그녀가 머물게 되는 스페인의 주소가 적혀 있었다. 이미 수없이 나에게 고맙다는 전한 그녀였기에 편지에는 주소뿐이었다.

하지만 나는 편지의 내용을 확인하자마자 태워 버렸다.

박상미는 앞으로 그녀의 안전을 위해 한국 사람을 만나지 말아야만 했다.

그녀와의 인연은 이젠 여기까지만이었다.

일본 출장에서 가장 큰 소득은 코오롱상사의 김석중 부장이 닉스와 함께하기로 한 일이었다.

나는 그를 미국의 닉스판매법인 본부장으로 보낼 생각이다. 미국판매법인의 대표는 여러 가지 문제로 인해 내가 직접 맡는 것이 좋았다.

한동안 적합한 인물이 없어 풀리지 않던 미국판매법인의 문제가 가닥을 잡은 것이다.

김석중 부장이라면 충분히 닉스 미국판매법인을 잘 이끌어갈 수 있었다.

앞으로 남은 일은 러시아의 도시락 현지 공장 건립이었다.

그리고 또한 새로운 기회 창출이 될 수 있는 한중수교가 1992년 8월 24일에 체결된다.

아직 뚜렷한 사업 계획이 떠오르지 않았지만 거대한 시장이 드디어 빗장을 벗어던지고 활짝 문을 개방하고 있었다.

"이제 중국의 문이 열리겠지……."

중국은 러시아보다도 더 큰 기회의 문이 될 수 있었다.

＊　　　＊　　　＊

서태지와 아이들에 대한 투자는 한마디로 대박이었다. 서태지와 아이들의 음반 제작에 닉스가 100%를 투자했었다. 그들은 데뷔 8주 만에 40만 장이 넘는 음반 판매량을 선보였다.

음반 판매에 대한 수익을 오 대 오로 했기 때문에 음반 판매에 대한 이익도 상당했다. 앞으로 점점 더 많은 음반이 팔려 나갈 테니 이익은 더 커질 것이다.

가장 고무적인 것은 서태지와 아이들이 각종 언론과 인터뷰를 진행하면서 그들이 입고 있는 닉스프리(NIX—Free)와 블루오션의 재즈—II가 직간접적으로 노출되었다는 점이다.

그 결과 두 회사의 제품은 별다른 광고를 진행하지 않았는데도 판매량이 놀라울 정도로 늘어나고 있었다.

"5월 현재 닉스프리를 판매하는 8개 전국 매장의 제품이 모두 품절되었습니다. 에어조던도 부산과 대구 매장에서 모두 팔려 나갔습니다. 나머지 매장들도 큰 치수의 신발들만 남고 대부분 빠진 상태입니다."

영업부의 박수철 대리가 판매 보고를 했다.

부산과 대구 그리고 광주에 이어 5월에는 대전에도 닉스 매장을 개설했다.

닉스는 서울에 위치한 4개의 판매점과 지방에 위치한 4개의 매장으로 운영되었다.

서울은 물론 전국에서 매장을 내고 싶다는 문의가 빗발

쳤지만 아직은 직영점 위주로만 판매할 계획이다.

9월 중순쯤 부산에 매장 하나가 더 들어선다.

기존의 부산 매장으로는 몰려드는 고객들을 감당할 수 없었기 때문이다.

"허허! 이거 정말, 공장이 하나 더 생겼는데도 이 지경이니."

한광민 소장이 고개를 흔들며 입을 열었다.

그의 말처럼 닉스 3공장은 정상적으로 잘 돌아가고 있었다. 문제는 미국에서 서서히 불기 시작한 닉스의 열풍 때문이었다.

시카고 불스에서 뛰는 마이클 조던은 닉스와의 계약으로 그가 뛰는 경기마다 에어조던을 신고 뛰었다. 그리고 거짓말처럼 에어조던을 신은 날부터 시카고 불스가 중부지구 선두에 올라서기 시작했다.

그리고 마침내 동부컨퍼런스에서 우승하고, 최종적으로 LA 레이커스를 꺾고 NBA에서 종합우승을 차지했다.

그 여파는 대단히 컸고 닉스를 미국 전역에 알리는 계기가 되었다. 또한 마이클 조던과 촬영한 광고가 미국 TV 방송과 케이블 방송에 전파를 타고 있었다.

닉스 신발의 미국 판매량은 올 초에 비해서 100% 신장했다.

"일본 매장은 어떻습니까?"

내 관심이 가장 가는 곳은 미쓰코시백화점 내에 위치한 판매장이었다.

"판매율이 초기보다 5% 정도 늘어났습니다."

일본은 한국이나 미국과 같은 폭발적인 성장세는 보이지 않았다.

"음, 차리리 이런 식으로 꾸준히 나가는 것도 괜찮네요. 하나의 매장으로 이 정도의 성장세는 나쁘지 않습니다."

내 말에 회의에 참석한 사람들이 고개를 끄떡였다.

"미쓰코시백화점 내의 한국관은 이번 달 내로 폐쇄할 예정이라고 합니다."

닉스의 식구가 된 김석중 본부장의 말이었다. 그는 다음 달에 미국으로 출국할 예정이었다.

"음, 안타깝네요. 닉스는 이러한 일을 반면교사(反面敎師)로 삼아야 합니다. 주어진 기회를 제대로 살리지 못하면 닉스도 마찬가지입니다. 닉스프리의 공급은 어떻게 진행할 것입니까?"

닉스프리를 책임지고 있는 김상희에게 물었다.

"예, 지금 생산공장 하나를 더 컨택 중에 있습니다. 현재의 공장으로는 수요를 감당할 수 없을 것 같습니다."

김상희는 현재 닉스에서 가장 바쁜 인물 중에 하나가 되었다.

그녀의 말처럼 닉스프리 생산공장은 눈코 뜰 새 없이 바빴다. 직원들을 더 투입하고 야간작업은 물론 주말까지 생산에 매달렸지만 생산하는 족족 너무 빨리 팔려 나갔다.

"판매도 중요하지만, 제품의 퀄리티를 더 중요하게 생각해야 합니다. 닉스의 성공은 제품의 질에 있으니까요. 신규 제품군들의 진행은 어디쯤 와있습니까?"

닉스프리의 인기를 일시적으로 만들고 싶지 않았다. 디자인실에서 디자인된 닉스프리의 신규 제품들은 이미 서태지와 아이들이 입고 다녔다.

"예, 알겠습니다. 기존 제품들의 생산이 끝나는 다음 주면 매장에 내어놓을 수 있습니다. 계획된 일정에는 문제가 없습니다."

"모두가 닉스에게 유리한 방향으로 흘러가고 있습니다. 여러분께 좋은 소식을 알려드리겠습니다. 미국과 러시아에 대한 수출 증가로 인해 닉스가 유망수출상품 세계일류화 사업 대상 업체로 선정되었다는 연락을 오늘 받았습니다."

와!

짝짝짝!

나의 말에 환호와 박수가 터져 나왔다.

상공부는 유망수출상품 세계일류화 사업의 확대 추진 계

획에 따라 지난해부터 한국 상품의 대외 성가제고 및 자기 상표 제품의 수출 확대를 위하여 일류화 품목 및 업체의 확대를 추진했다.

이에 따라 91년 11월 대상 품목을 확정하고 12월부터 업체의 신청을 받아 품질 및 기술 수준, 해외마케팅 능력, 자기상표 수출 실적 등 선정 기준에 의하여 평가한 결과를 토대로 일류화 추진위원회의 심사를 거쳐 선정했다.

그 결과 운동화 분야에서 국제상사와 코오롱상사에 이어 닉스가 포함된 것이다.

세계일류화 대상 품목 업체에 선정되면 금융·세제지원과 시장개척지원금을 손비 처리할 수 있었고, 직원들의 해외연수지원과 특허를 비롯한 해외등록출원지원을 받을 수 있었다.

특히나 닉스는 자가상표 수출 실적에서 높은 점수를 받았다. 닉스가 상당한 이익을 벌어들이고 있었지만, 그만큼 투자되는 돈이 많았다.

해외개척에 필요한 자금을 세제혜택으로 돌려받을 수 있으면 적지 않은 돈을 아낄 수 있었다.

"이 모든 게 대표님의 역량입니다. 우리 모두 대표님께 다시 한 번 박수를 쳐 드립시다."

한광민 소장의 말이었다.

짝짝짝!

"대표님 수고하셨습니다."

얼떨결에 직원들에게 박수를 받았다.

누구도 아닌 함께 일하는 사람들에게 이런 대접을 받으니 기분이 좋았다.

"저 혼자 한 일이 아닙니다. 여러분 모두가 함께해 주셔서 가능했던 일입니다."

닉스가 이만큼 성장할 수 있었던 것은 어린 나를 믿고 따라주고 있는 좋은 사람들이 있었기에 가능했던 일이었다.

"하하하! 이제는 정부도 우리 닉스를 제대로 알아보는 것입니다. 실제로 제값을 받고 수출하는 신발회사는 닉스밖에 없잖습니까."

기분 좋게 웃는 한광민 소장의 말에는 자부심이 들어 있었다. 그의 말처럼 미국과 러시아 그리고 일본으로 수출되는 닉스 신발들은 국내에서 판매되는 가격과 다르지 않았다.

오히려 현지 이익 때문에 한국에서 판매되는 닉스 신발보다도 더 비싸게 팔리는 신발 종류도 여러 개였다.

하지만 다른 국내의 신발업체들은 자기상표로 수출하는 신발에 대한 할인율이 높은 데다가 그나마 자기상표로 수출하는 신발업체 수도 얼마 되지 않았다.

"예, 닉스 외에는 외국에서 통할 만한 신발이 없다고 할 수 있습니다."

미국 판매를 책임지게 될 김석중 본부장의 말이었다.

"닉스는 올해가 가장 중요한 시기라고 생각됩니다. 이 시기에 닉스는 기술과 디자인을 더한층 끌어올려야 앞으로 한 발짝 더 나아갈 수 있습니다. 생산기술연구소의 구성은 어떻게 되어가고 있습니까?"

한광민 소장을 바라보며 물었다. 닉스 3공장에 생산기술연구소를 설립했고 기술개발에 필요한 인원을 뽑고 있었다.

"예, 기존 기술부 인원과 신규로 여섯 명을 뽑았습니다. 모두 14명으로 인원을 구성했습니다. 아웃솔 쪽에 한두 명을 더 보강해서 운영할 계획입니다. 기존 협력업체들과도 공동개발을 적극적으로 추진할 것입니다."

신발업계에서 생산기술연구소를 자체적으로 운영하는 회사는 몇 개 없었다. 그나마 개발 인원은 한 자리 숫자였다.

닉스는 이미 상당한 생산기술을 새롭게 습득했고 그와 관련된 특허도 십여 건을 진행 중이었다.

닉스는 앞으로 디자인센터와 생산기술연구소가 이끌어 갈 것이다.

"알겠습니다. 우리의 경쟁 상대는 이제는 국내 업체가 아닙니다. 닉스보다도 더 많은 디자이너와 기술개발인력을 가진 외국 브랜드들입니다. 앞으로도 디자인센터와 기술개발연구소의 인력은 계속 충원해 나갈 것입니다. 오늘 회의는 여기까지 하겠습니다."

어느 순간부터인가 사람들을 이끄는 힘이 더 강해진 것을 느끼고 있었다.

나는 사람들에게 명확한 목표와 비전을 제시했다.

목표는 생각보다 빨리 달성되었고 비전은 현실이 되어갔다.

회의실에 있는 사람들 모두가 나의 말들이 어떤 결과로 돌아오는지 똑똑히 지켜본 사람들이었다.

그들의 두 눈에는 존경과 신뢰가 한가득 들어 있었다.

블루오션의 명성전자의 제2공장은 눈코 뜰 새 없이 바쁘게 돌아갔다. 2공장에서는 오로지 블루오션의 재즈-I과 재즈-II만을 생산했다.

삼십 명의 직원이 쉬는 시간 외에는 자리를 뜰 수 없을 정도로 일감이 밀려 있었다.

난 제2공장을 방문해서 생산 공정을 살폈다.

"일본에서 자동 솔더링(soldering)기기가 들어오면 지금

보다 좀 나아질 것입니다."

2공장을 책임지고 있는 윤종석 차장의 말이었다.

솔더링은 PCB(인쇄회로기판)에 부품을 실장한 후에 회로를 구성하기 위하여 납땜을 이용하여 용접하는 과정이다. 작업자가 인두를 가지고 하나씩 납땜하는 경우도 있고 장비를 통해 납땜하기도 한다.

아직 무선호출기의 자동 솔더링은 힘들었다. 엄밀히 말하면 반자동이라고 해야 했다.

"재즈—II의 불량률은 얼마나 나옵니까?"

"초기에는 5%까지 나왔는데 이제는 2% 정도로 떨어졌습니다."

"음, 많이 좋아졌네요. 1%까지 떨어질 수 있도록 최대한 노력해 주십시오."

"예, 이번 달에는 꼭 1%로 낮추겠습니다."

"필요한 것은 없습니까?"

열심히 일하는 직원들에게 뭔가를 해주고 싶었다.

"젊은 친구들이 많아서인지 농구를 하고 싶어 합니다. 농구대를 설치해 주시면 고맙겠습니다."

농구 붐이 불고 있는 요즘, 학생과 젊은 친구들이 농구를 많이 했다.

"그렇게 하지요. 운동을 하게 되면 씻을 장소도 필요하니까 이참에 샤워실도 설치하면 좋겠네요."

"대표님께서 시원시원하게 지원을 해주시니 저도 직원들에게 면목이 설 수가 있겠습니다. 정말 감사합니다."

40대 초반의 윤종석 차장은 외부에서 영입한 인물로 전자제조업체에서 제품 생산 경험이 많고 인품이 훌륭해 직원들이 잘 따랐다.

"아닙니다. 언제든지 필요한 것들이 있으면 바로 말씀해주십시오. 명성전자는 직원들이 가장 값진 재산입니다."

"예, 그렇게 하겠습니다. 정말 명성전자가 달라진 이유를 알겠습니다. 직원들에게 인색한 회사에 있었던 저로서는 대표님의 말씀과 행동이 언제나 일치한다는 것을 새삼 다시 한 번 느끼고 있습니다."

"하하! 과찬이십니다. 쉬는 시간에 직원들과 식당에 가십시오. 수박이 좋아 보여서 몇 통 맡겨놓았습니다."

"하하하! 역시나 우리 대표님밖에 없습니다. 잘 먹겠습니다."

나의 말에 윤종석 차장은 기분 좋은 웃음을 토해냈다.

명성전자 제2공장을 나설 때에 곧장 명성전자로 전화를 걸어 농구대와 농구공을 바로 주문하도록 조치했다.

바로 다음 날 농구대가 주차장 한편에 세워졌고, 샤워실 공사도 곧바로 들어갔다.

요구 사항이 즉각적으로 수용되고 바로 초지가 이루어지는 과정을 보자 신규로 들어온 직원들 모두가 놀라는 모습이었다.

Chapter 8

블루오션의 핵심 인물인 김동철 과장과 성완종 과장은 퀄컴의 본사가 있는 미국의 미국 캘리포니아 주 샌디에이고로 떠났다.

두 사람은 반년 간 퀄컴에 머물면서 무선통신기술 및 CDMA에 관련된 핵심 기술을 습득할 것이다.

두 사람이 한국에 돌아오면 다른 인물을 파견할 생각이다. 무선호출기 재즈—II에 이어 재즈—III도 개발이 진행되고 있었다.

기존 재즈—II에서 기능은 크게 바뀌지 않았지만 보다 안정적이고 디자인을 더욱 세련된 형태로 가져갈 계획이다.

닉스의 김석중 본부장도 미국으로 출국했다. 그의 옆에는 영업부의 박수영 대리가 동행하고 있었다.

김석중 본부장은 뉴욕 닉스 사무실에 머물고 있는 변호사 루이스 정, 그리고 회계사 브라이언과 함께 닉스 미국 판매법인 설립을 진행할 것이다.

또한 현지에서 직원을 채용할 예정인데, 판매법인이 설립되고 직원 채용이 이루어지면 내가 뉴욕으로 날아갈 것이다.

다음 주에는 구조조정이 이루어지고 있는 룩오일(Lukoil)과 소빈뱅크(Sobin Bank)를 방문하여 진행 상황에 대한 보고와 함께 중요한 결재를 해야 했다. 또한 도시락의 모스크바 현지 공장 착공식에도 참석할 예정이다.

새벽 일찍 북한산에 올랐다.

언제나 밝아오는 아침 해를 바라보는 것은 기분 좋은 일이었다.

붉을 혀를 넘실대듯이 붉은 태양이 산등성이를 타고 올라왔다.

"이제야 큰일들이 조금씩 해결되어 가는구나. 후후! 정말 지금도 믿기지가 않은 일을 해냈어."

커다란 벽에 막힌 것처럼 답이 보이지 않던 일들이 하나둘 해결되는 것이 가끔 믿어지지 않을 때가 있었다.

이제는 국내에 있는 회사들 모두가 상당한 매출과 함께 이익을 내고 있었다.

블루오션은 작년부터 판매된 재즈-I과 재즈-II의 판매로 21억 원의 여유 자금이 생겼다.

명성전자 또한 제2공장과 관련된 대출을 모두 정리했다. 이 모든 게 재즈시리즈의 성공 때문이다.

비전전자부품도 재즈시리즈 덕분에 3억 원의 이익이 발생했다.

정상궤도에 올라선 회사들은 특별한 일이 발생하지 않는 한은 지금의 흐름을 유지할 것이 분명했다.

"이젠 중국을 생각할 때인데……."

올 2월에 한국은 중국과 무역협정이 체결되었다.

투자보장협정(민간기업의 해외투자 리스크를 회피하기 위해 정부 간에 미리 체결하는 협정)까지 이루어지면 중국 진출에 대한 큰 장벽 하나가 사라지는 것이다.

중국에 대한 첫 느낌은 광대하다는 것이다. 중국인들은 스스로 중국은 땅이 넓고 생산물이 풍부하며 폭과 깊이가 광대한 곳이라 평했다.

중국은 한반도의 약 44배에 달하며, 22개의 성(省)과 4개

직할시 및 5개 자치구에 12억 명이 살고 있었다.

'러시아와 중국, 두 거인의 나라 모두에 자리를 잡아야 앞으로 닥쳐 올 위기를 이겨낼 수 있는데… 중국에서 성공하기 위해서는…….'

머릿속에 떠오른 생각들을 정리하면서 중국을 공략할 아이템을 떠올렸다.

이미 러시아에는 자리를 잡아가고 있었다. 이제 남은 것은 중국이었다.

하지만 중국은 보편적으로 이해하고 해석하기에는 너무 크고 다양하며 복잡한 나라였다. 중국을 바라보는 입장이나 관점에 따라 견해가 제각각 다를 수밖에 없었다.

방대한 나라와 방대한 인구가 서로 다양하게 얽혀 있는 중국을 단순한 보도 자료와 데이터로 파악하기에는 오류의 위험성이 있었다.

중국은 어쩌면 전문가나 중국인들 자신도 정확하게 이해하기 어려운 수수께끼와 비슷한 나라라고 할 수 있다.

중국을 정확하기 이해하려면 부족한 자료를 활용하기보다 직접 중국에 가서 보고, 듣고, 중국인들을 만나봐야만 했다.

지금은 중국이 얼마나 놀랍도록 빠르게 성장해 나갈지를 그 누구도 예측하지 못했다.

"지금은 오로지 나만 알고 있는 일이니까. 중국에서 인기를 끌었던 한국 상품들은 화장품과 핸드폰, 홍삼과 인삼 제품, 타이어, 정수기, 온라인게임, 라면과 생활용품들이었지. 그중에 제일은 역시 화장품과 핸드폰인데."

핸드폰과 스마트폰은 앞으로 블루오션을 통해서 공략해 나갈 것이다.

문제는 화장품이었다.

화장품은 한류가 낳은 최고의 선물이었지만 한류가 일어나려면 아직 6~7년이 흘러야만 했다.

더구나 지금은 일반적인 중국인들의 소비력이 그다지 크지 않았다.

다니고 있는 학교의 교수들도 한중수교가 이루어지고 상호교류가 활성화되면 중국 시장이 일본을 능가할 것이라고 말을 했다.

현재 중국에 수출하는 품목 중에서 가장 비중이 높은 것은 석유화학이었다.

이 비중은 10년간 변함없었다.

중국은 지금 개혁개방을 통해 먹고사는 것에 바쁜 시기지만 자영업자들의 소득이 높아졌고 고소득층 1% 정도가 존재하는 걸로 판단하고 있었다. 12억의 인구 중 1%만 되어도 1천 2백만 명의 인구였다.

비공식적인 통계로는 북경의 한 가구당 저축액이 6만 위안(9백만 원)이며 30만~40만 위안(4천 5백~6천만 원)을 저축한 사람도 적지 않다는 이야기를 들었다.

하지만 모든 것은 직접 부닥쳐 보지 않으면 알 수 없는 일이었다.

"닉스를 가지고 들어가야 할까?"

판단이 잘 서지 않았다.

현재 개인 소유가 제한된 개인 자가용 차량도 독일과 일본제 차량이 베이징과 상하이에서 눈에 띄기 시작했다.

또한 상하이와 광동성에는 부동산 투자 열기가 일어나고 있었다.

생각을 정리할 때쯤, 아침 해가 산등성이에 우뚝 올라섰다.

"중국은 러시아와는 다르다. 하지만 반드시 중국에서도 성공을 끌어내야 한다."

이 말은 나의 바람이었고 다짐이었다.

그동안 해외 출장과 바쁜 업무로 인해 운전면허 실기시험을 치르지 못했었다.

필기시험은 일찌감치 합격해 놓았었다.

운전기사가 딸린 명성전자 차량을 이용했지만 불편한 점

이 많았다.

이참에 운전면허를 취득한 후에 자가용을 구매할 생각이었다.

실기시험을 치르는 곳에 가인이와 예인이도 함께 동행했다.

나와 같이 운전면허 실기시험을 치르기 위해서였다.

면허시험장에는 사람들로 북적거렸다.

"후! 긴장되네."

가인이가 한숨을 내쉬며 말했다.

"연습했던 대로 하면 돼."

이미 머리와 몸은 운전에 익숙한 상태였다. 명성전자의 대표 차량을 빌려서 두 사람과 함께 연습까지 해두었다.

가인이와 예인이는 운전학원에 다녔었다.

"알고는 있는데, 운전면허시험이 대입시험보다 더 떨리는 것 같아."

"나도 그래. 이렇게 조마조마한지 모르겠어."

예인이도 평상시와 같지 않게 초조한 모습을 보였다.

"실수만 하지 않으면 되니까. 너무 조급하게 생각하지 마. 어제 연습했던 대로 여유를 갖고 운전한다고 생각해."

"그럴게. 모두 다 합격해야 하는데."

"우리 세 사람 다 합격해서 웃으면서 시험장을 나설 거야."

내 말이 끝나기 무섭게 가장 먼저 가인이의 이름을 불렀다.

"송가인 씨 차량에 탑승하세요."

안내방송에 따라 가인이가 승용차에 올랐다.

출발을 시작한 가인이가 운전하는 차량은 횡단보도에서 정확하게 멈췄다.

경사로와 굴절코스까지 아무런 문제가 없었다. 방향 전환코스와 기어변경코스를 지나 곡선코스까지 완벽했다.

다만 마지막 가장 까다로운 평행주차코스에서는 바로 들어가지 못했다.

"시간이 얼마 없는데."

가인이가 운전하는 것을 보고 있는 내가 다 애가 탔다.

다시금 평행주차를 시도한 가인이는 완벽하게 주차를 성공한 후에야 아슬아슬하게 시간에 맞추어 종료선에 들어왔다.

가인이는 무척 긴장되었는지 핸들 아래로 고개를 숙였다.

합격을 알리는 파란 램프가 들어오고 나서야 가인이는 웃으면서 고개를 드는 모습이 보였다.

대기실로 들어오는 가인이에게 사람들은 무척 부러운 눈길을 보냈다.

"왜 그렇게 긴장한 거야? 정말 아슬아슬했다."

"후! 그냥 아무 생각도 나지 않더라고. 내가 어떻게 들어왔는지도 잘 모르겠어."

가인이의 말에 예인이가 긴장한 표정이었다.

"예인아, 너무 긴장하지 말고 떨어지면 다시 보면 돼."

"그럴게. 언니가 붙었으니까."

예인이는 내 말에 고개를 끄떡이며 애써 침착하려고 했다.

예인이보다 내 이름이 먼저 호명되었고 실기시험을 보는 차량에 탑승했다.

난 1종 면허를 신청했기 때문에 트럭에 올라탔다.

이미 과거로 오기 전에 1종 면허를 취득했던 나였기에 큰 어려움 없이 장내기능 시험코스를 끝마쳤다.

처음 운전을 하는 사람이 아닌 운전학원의 강사처럼 너무 능숙하게 운전을 끝마치고 합격을 하자 대기실 사람들이 놀라는 눈치였다.

"어떻게 연습했길래 그렇게 쉽게 운전할 수 있는 거야?"

예인이 또한 내가 운전하는 모습에 놀라며 물었다.

"오빠가 못하는 게 어디 있니?"

"핏! 정말 못 말려."

예인이는 내 말에 미소를 띠며 시험장 안으로 들어섰다.

조금은 긴장이 풀어진 모습이었다.

그 덕분인지 예인이도 무사히 합격을 받았다.

이제 남은 건 도로주행이었다. 사실 웬만해선 도로주행에서 떨어지지는 않았다.

우린 실기시험 합격을 축하하기 위해 홍대로 자리를 옮겨 늦은 점심을 먹기로 했다.

요즘 내가 바쁜 관계로 외식을 자주 하지 못했었다.

"예인이는 학교생활이 어때?"

같은 학교에 다니지만, 과가 틀린 예인이는 학교에서도 자주 보지 못했다. 요즘 들어서 무엇을 하는지 집에 들어오는 시간도 늦었다.

"재미있어, 친구들도 괜찮고 선배님들도 잘해주고. 무엇보다 공부가 재미있어."

"다행이네. 무엇보다 공부가 적성에 맞는다는 게 중요한 것 같다."

"휴! 난 뭐냐? 제일 가까이에 계시는 선배께서는 눈코 뜰 새 없이 바빠서 데이트도 못 하고, 공부는 적성에도 맞지 않는 것 같고 말이야."

내 말에 가인이가 한숨을 내쉬며 말했다.

"하하! 왜 그래? 아침마다 데이트하면서 학교에 가잖아. 그리고 매일 점심도 함께 먹으면서."

"그냥 하루 종일 함께 있고 싶어서 그러지."

"가인이는 점점 떼쓰는 아이가 되어가는 것 같아."

"그래, 나 아이니까 옆에 있어 달라고."

말을 하면서 가인이는 내 옆으로 몸을 기대며 팔에 매달렸다.

그런 모습을 지켜보던 예인이가 조용히 입을 열었다.

"나 내일 소개팅 해."

남자에 관심을 전혀 보이지 않던 예인이의 입에서 뜻밖의 말이 튀어나왔다.

예인이의 말에 가인이는 뜻밖이라는 표정이었다.

"생각이 없다며?"

가인이는 소개팅 대상자를 알고 있는 것 같았다.

"그랬는데, 선배가 한 번만 도와달라고 해서."

예인이는 성격상 거절을 잘하지 못했다.

"누군데?"

누군지 무척 궁금했다. 한때 고등학교 연극부 친구의 사촌오빠라는 대학생과 나의 절친한 친구인 강호가 예인이를 따라다녔었다.

물론 그 두 사람이 전부가 아니었다. 청순하고 청초하기까지 한 예인이는 어디를 가나 남자들이 따랐다.

문제는 숨이 막힐 정도로 예쁜 예인이의 미모로 인해 감히 가까이하기 힘든 아우라를 뿜어낸다는 점이었다.

그것은 가인이도 마찬가지였다.

"우리 경영과 3학년 선배라고 했지?"

가인이가 예인이에게 확인하듯 물었다.

"어, 경영과 3학년 박영수라고 들었어."

'박영수가 누구지?'

같은 경영과 선배였지만 처음 들어 보는 이름이었다.

"이름을 들어보지 못한 것 같은데."

"이번에 군대에서 제대하고 복학했다고 하던데."

"그러면 내가 모를 수도 있겠구나."

"당연히 모르겠지. 학교생활을 전혀 하지 않으시고 항상 사업에 바쁘신데."

가인이의 말처럼 나는 동아리에도 가입하지 않았고, 강의가 끝나기 무섭게 학교를 떠났다.

그러다 보니 알고 지내는 선후배가 적을 수밖에 없었다.

나중에 안 일이지만 박영수는 청운회에 속한 인물로 석산건설의 장남이었다.

석산건설은 건설업계에서 시공(도급) 능력 10위 안에 드는 회사로, 고속버스회사와 시멘트회사를 계열사로 거느리고 있었다.

우연히 예인이를 학교에서 본 박영수가 법학과에 다니는

고등학교 동창에게 예인이를 소개해 달라면서 물심양면으로 지원하며 매달렸다.

예인이가 가입한 미술동아리 블루아트의 동아리 회장이기도 한 선배의 부탁을 예인이가 모른 척할 수 없던 것이다.

"내가 동아리에도 가입하고 학교 생활을 열심히 하게 되면 여자 후배들을 챙겨야 한다고. 그러는 걸 바라면 그렇게 하지 뭐."

가인이의 말에 난 당당하게 말했다.

"물론 해도 돼. 내가 옆에서 지켜볼 테니까."

웃으면서 말하는 가인이의 말이 비수처럼 날아와 꽂혔다. 싸늘한 눈빛에는 살기까지 엿보였다.

가인이의 대답은 내가 예상했던 말이 전혀 아니었다.

'내가 너무 쉽게 생각했다.'

"하하하! 가인이는 농담을 항상 심각하게 받아들이는 경향이 있더라."

"호호호! 내가 그런가? 난 그냥 늘 옆에 있고 싶다는 말이었는데."

웃으면서 말하는 내 말을 가인이도 웃음으로 받아쳤다. 하지만 그 말에 들어 있는 살기가 마치 뱃속의 내장을 헤집고 들어오는 느낌이었다.

'난 아직 멀었어. 늘 조심한다고는 하는데도 매번 그걸 망각하니. 언제쯤 가인이에게 제대로 한 방을 먹일 수 있을까.'

"어디서 만나는데?

이럴 때는 재빨리 이야기의 화두를 바꿔야 했다.

"신촌에서 보기로 했어."

"그래. 대학생이 되었는데 소개팅도 하고 미팅도 해봐야지. 하고 싶어도 못 하는 사람도 있으니까."

순간 마지막 말이 헛나왔다.

"하긴 나도 그래. 다 추억으로 남을 즐거운 경험인데 말이야, 대학 생활에 좀 더 낭만을 주려면 미팅도 필요하지."

내 말에 가인이가 왠지 호의적으로 나왔다.

'뭔가 이상한데.'

"오빠도 소개팅이나 미팅을 하고 싶어?"

예인이가 궁금한 듯 물었다. 질문과 동시에 나를 향하고 있는 살기가 감지되었다.

'여기서 잘못 말하면 끝이다.'

"추억으로는 한 번쯤은 해볼 수도 있다는 생각은 했었지. 하지만 다 옛날 생각이야. 내 옆에 이 세상에서 어떤 것으로도 바꿀 수 없는 여자가 있는데, 미팅 같은 걸 할 이유가 없잖아."

나는 일부러 가인이의 어깨를 감싸며 말했다. 그러자 스 멀스멀 피어오르던 살기가 눈 깜짝할 사이에 사라졌다.

"잘 알고 있네. 예인아, 남자는 여자 하기 나름이야. 많은 사람을 만나보는 것도 좋지만, 널 아껴주고 네가 좋아할 수 있는 사람을 만나는 것도 나쁘지 않아."

"언니는 태수 오빠의 어디가 그렇게 좋았어?"

예인이가 가인이의 말에 대꾸하듯 물었다.

"좋고 나쁘고를 떠나서 운명이야. 이 사람이 아니면 절대 로 안 된다는 그런 느낌이 여기를 관통해 버렸어. 어떤 것 으로도 거부할 수 없는 운명으로 말이지."

가인이는 손으로 자신의 심장을 가리키며 말했다. 가인 의 말은 거짓이 전혀 없는 투명한 마음에서 울려 나오는 메 아리였다.

"후! 나도 언니처럼 그런 운명의 남자를 만나고 싶다. 내 모든 것을 줄 수 있는 사람을."

예인이는 가인이의 말에 깊은 한숨을 쉬며 말했다.

"예인이도 만났을 수 있어. 앞으로 시간은 많으니까, 너 무 조급해하지 마."

난 그런 예인이가 너무 귀엽게 보였다.

"그렇겠지. 그게 너무 늦지 않았으면 좋겠다. 오빠, 내일 시간이 되면 만날 사람 좀 평가해 줄래? 난 솔직히 남자 보는 눈이 없어서."

"그래. 예인이가 대학에 올라와서 처음 소개받는 사람인데, 좋은 사람인지 가서 한번 살펴봐 줘. 아무하고나 사귀면 안 되잖아."

가인이까지 나서서 말하자 모른 척할 수가 없었다.

"그래, 나가서 볼게. 가인이도 나갈 거니?"

"난 밀린 리포트 좀 써야 해서 도서관에 가야 할 것 같아."

"그래, 알았다."

식사를 마친 나는 두 사람과 헤어져 닉스 본사로 향했다.

토요일을 맞이한 가로수길은 사람들로 붐볐다. 대다수가 젊은 사람들이었다.

새롭게 가로수길에 자리 잡은 닉스로 주변에는 패션과 관련된 프랑스 파리의 패션 전문교육기관인 에스모드(ESMOD) 서울분교와 작년에 문을 연 서울모드패션전문학교가 자리를 잡고 있었다.

이 때문에 가로수길 곳곳에 패션 디자이너 지망생과 해외유학을 다녀온 디자이너들의 패션숍이 늘어나고 있었다.

물론 그 패션의 중심에 닉스가 가장 크게 자리를 잡았다.

"오늘도 사람이 많네."

닉스의 본사에 위치한 카페에는 사람들이 항상 붐볐다.

오늘은 곧장 사무실로 향하지 않고 카페로 들어섰다.

특히나 카페 닉스는 디자이너 지망생들과 패션모델들이 많이 찾았다. 근처에 학원들이 위치해서이기도 했지만, 패션과 관련된 핫한 정보가 패션학원보다 빠를 때가 많았다.

멋지고 옷을 잘 입는 예쁜 젊은이들이 카페 닉스로 모여들자 그 사람들을 보기 위해서 또 사람들이 찾았다.

주변에 있는 다른 커피숍이나 카페와 달리 항상 사람들이 차고 넘쳐 났다.

카페 닉스는 신발을 구매하는 고객에게 무료로 음료를 마실 수 있는 쿠폰을 지급했다.

50평이 넘는 공간에 자리 잡고 있는 테이블마다 빈 곳이 하나도 없었다.

나를 발견한 카페 닉스의 매니저가 재빨리 내 곁으로 다가왔다.

"나오셨습니까?"

매니저는 깍듯하게 인사를 했다.

"사람들이 많네요."

"예, 토요일이라 사람들이 더 많이 찾은 것 같습니다."

"이곳을 찾는 사람들은 잠재적으로 닉스의 고객이 될 수 있으니까, 불편함이 없도록 해주세요."

"예, 항상 그 점을 직원들에게 전하고 있습니다."

"잘하고 있습니다. 특별한 상황이 있습니까?"

"예, 몇몇 고객분들이 왜 본사 매장에서만 무료쿠폰을 제공하느냐며 항의하는 일이 있었습니다."

서울에는 네 개의 닉스 판매장이 있지만 본사 매장만 무료쿠폰을 제공했다.

"음, 형평성 문제를 따지면 그분들의 말이 맞지만, 아직 여건이 되지 않네요. 그 문제는 한 번 검토해 보겠습니다."

그때였다.

카페 한쪽이 소란스러웠다.

"무슨 문제인지 알아보겠습니다."

매니저가 여직원과 한 손님이 실랑이를 벌이는 테이블로 향했다.

"시발! 커피숍에서 담배도 못 피우게 해?"

어떤 문제인지 바로 알 수 있는 목소리가 들렸다.

지금 시대는 대부분 카페나 커피숍에서 담배를 피울 수 있었고 금연을 하는 곳이 드물었다.

대중교통인 버스에서도 창문을 열고 담배를 피우는 모습을 볼 수 있는 시절이었다.

그러나 카페 닉스는 모든 공간에서 금연이었다.

여직원이 담배를 피우는 것을 제지하자 젊은 사내가 반

발한 것이다. 아마도 카페를 처음 방문한 것 같았다.

매니저가 말을 하는데도 실랑이는 좀처럼 끝나지 않았다.

"야! 됐고, 여기 사장 오라고 해."

20대 후반으로 보이는 사내는 매니저의 말에 더 거칠게 나왔다.

이대로 보고 있을 수가 없었다. 나는 실랑이가 벌어지는 테이블로 걸어갔다.

"무슨 문제라도 있습니까?"

"넌 또 뭐냐?"

매니저보다 어려 보이는 내가 나타나자 던진 말이었다. 말끔한 옷차림을 보아서는 조폭이나 동네 양아치 같지는 않았다.

신고 있는 신발도 닉스의 에어조던이었다.

"제가 이곳의 대표를 맡고 있습니다."

내 말에 사내는 순간 표정이 바뀌는 것이 보였다.

"허! 당신이 사장이냐? 하하! 여기 졸라 웃긴다."

말하는 모양새가 거칠고 건방진 말투였다.

'이놈 이거, 말하는 게 영 양아치네.'

"그래, 내가 사장이다."

더는 참을 수 없었다. 일하는 직원에게 어떤 폭력적인 말을 했는지가 눈에 선했다.

"뭐라고 한 거야, 이 새끼가?"

사내는 함께 온 동료를 바라보며 어이없다는 표정이었다.

"소란 피우지 말고 여기서 조용히 나가라."

상대할 가치도 없는 인물이었다.

"이 새끼가 어디서 반말이야. 조그마한 가게 하나 운영한다고 유세를 떠내. 너, 내가 누군지 알고 까부냐?"

옷차림과 행동을 보아하니 어느 졸부의 철없는 아들처럼 보였다.

"웃기는 소리 하지 말고 경찰을 부르기 전에 나가라."

"하하! 이 새끼가 정말 장사를 접고 싶나. 너, 내가 여기 회사대표에게 말하면 어떻게 되는 줄 알아?"

사내의 말에 순간 어이가 없었다. 사내 옆에 앉아 있는 친구로 보이는 인물이 한술 더 뜨는 말을 했다.

"어이! 젊은 아저씨. 여기 있는 분이 닉스회사 대표의 둘도 없는 친구야. 좀 알면서 나대라."

두 사내와 함께하고 있는 여자들도 나를 불쌍한 눈으로 쳐다보았다. 아마도 사내의 말을 진심으로 믿고 있는 것 같았다.

"이 사람들이! 이분이……."

사내들의 말에 참지 못하고 매니저가 나서려고 하자 나는 일부러 말을 막았다.

"정말 닉스 대표님의 친구분이십니까?"

나는 말투를 정중하게 바꿨다.

"왜? 이제 좀 쫄리냐? 그래 닉스 대표하고 나하고 둘도 없는 불알친구다. 이거 보여? 에어조던에 100번째로 번호 부여한 신발이야. 여기 닉스 대표가 선물한 거야."

사내는 주변을 돌아보며 의기양양하게 말했다.

신고 있는 신발에 뒷면에 100번째라는 번호가 찍혀 있었다. 넘버링이 되어 있는 에어조던의 가격은 판매 가격에 2~3배로 거래되고 있었다.

더구나 특정하게 번호가 끊어지는 신발은 더 비싼 가격에 거래되었다.

"오빠, 전화해서 친구 좀 내려오라고 해. 이런 사람은 제대로 혼이 나야 정신을 차린다니까."

사내 앞에 앉아 있는 여자의 말이었다. 예쁘장한 얼굴을 하고 있었지만, 입에서 나오는 말이 얼굴과 어울리지 않았다.

"바쁜 애를 이런 일로 오라 가라 할 수는 없잖아. 야! 앞으로 잘해라. 여기 계신 분들에게 정중히 사과하고 하던 일이나 마저 해. 그리고 담배 피우게 재떨이 좀 주고."

사내는 안하무인격으로 말했다. 마치 자신이 이곳의 사장인 것처럼 말이다.

주변에서 이 광경을 지켜보던 사람들도 처음과 달리 사내를 대단한 사람으로 쳐다보고 있었다.

그러한 시선을 느꼈는지 사내의 친구와 여자들은 의기양양한 모습들이었다.

그때 내가 그들에게 찬물을 끼얹지는 말을 했다.

"다시 한 번 말하지만 여기는 금연구역이고, 난 너 같은 친구 둔 적 없다. 어디서 뭐 하는 놈인지는 모르겠지만 내 친구라고 계속 사기를 치고 다니면 경찰서에 출두해야 할 거야."

내 말에 사내의 얼굴이 순간 시뻘겋게 달아올랐고 말까지 더듬었다.

의기양양하던 여자들의 얼굴 표정도 굳어지는 것이 눈에 보였다.

"이 새… 끼가! 내가 지금 장난… 하는 줄 아나? 네가 닉스 대표라고?"

사내의 말투가 조금 전과 달리 기세가 꺾인 모습이었다.

"안 되겠네. 경찰서에 연락하고 보안요원을 오라고 하세요."

"예, 알겠습니다."

매니저가 대답을 하고는 바로 본사 로비와 연결된 문을 열고 나갔다.

닉스 본사에는 디자인의 유출을 막기 위해 근무하는 여섯 명의 보안요원이 있었고, 늘 3명의 보안요원이 상주하며 경비를 섰다. 다들 20대 중반 이상으로 군 특수부대를 나온 건장한 인물들이었다.

"오빠! 지금 이 사람이 말하는 게 맞아?"

여자가 당당한 나의 태도에 의구심을 갖고 물었다.

"아니야. 잠깐만 기다리고 있어, 친구놈에게 금방 전화하고 올 테니까. 넌 장사 다 했어!"

사내는 아무렇지 않은 듯 큰소리를 치고는 여자들과 친구를 놔두고는 급하게 카페 밖으로 나갔다. 난 사내가 자리를 뜨는 걸 굳이 막지 않았다.

남아 있는 세 사람은 사내의 말을 믿는지 자리에서 일어나지 않았다.

사내가 카페를 나간 동시에 보안요원 둘이 테이블로 걸어왔다.

"대표님, 찾으셨습니까?"

두 명의 건장한 보안요원이 나를 보자마자 인사를 건넸다.

그 모습에 자리에 앉아 있던 세 명의 남녀가 그제야 뭔가 잘못됐다는 것을 알아챘다.

"잠깐, 나 화장실 좀 갔다 올게."

사내의 친구 또한 쭈뼛쭈뼛 자리에서 일어났다. 그는 화장실을 가는 척하다가 방향을 틀어 카페 밖으로 재빨리 나가 버렸다.

앉아 있던 여자들은 두 사내의 갑작스러운 행동과 바뀐 분위기가 심상치 않음을 느꼈는지 자리에서 조심스럽게 일어났다.

"정말 죄송합니다. 저희는 그냥……."

"아휴! 창피해."

두 여자는 들고 있던 가방으로 얼굴을 가리며 사내들이 다급하게 나갔던 문으로 도망치듯이 달아났다.

사람들은 그 모습을 보며 조롱 섞인 웃음을 지으면서도 내가 닉스의 대표라는 사실에 놀라는 모습이었다.

"앞으로 이와 같은 일이 발생하면 보안요원에게 말하세요. 그리고 다시는 저 사람들이 이곳에 출입하지 못하도록 하시고요."

"예, 알겠습니다."

카페 매니저는 나의 말과 행동에 사내에게서 받았던 스트레스를 날려 버렸다.

고객을 위해 카페를 만들었지만 상식이 전혀 통하지 않

는 사람은 고객으로 취급할 수 없었다.

난 이런 일들로 인해 직원들이 모욕감을 받거나 스트레스를 받게 할 수 없었다.

고객도 중요했지만 직원들이 일하는 곳에서 행복을 느껴야 닉스가 앞으로도 발전할 수 있었다.

이러한 나의 말과 행동이 카페 닉스에 근무하는 직원들뿐만 아니라 본사직원들도 날 신뢰하고 따르게 하는 원동력이었다.

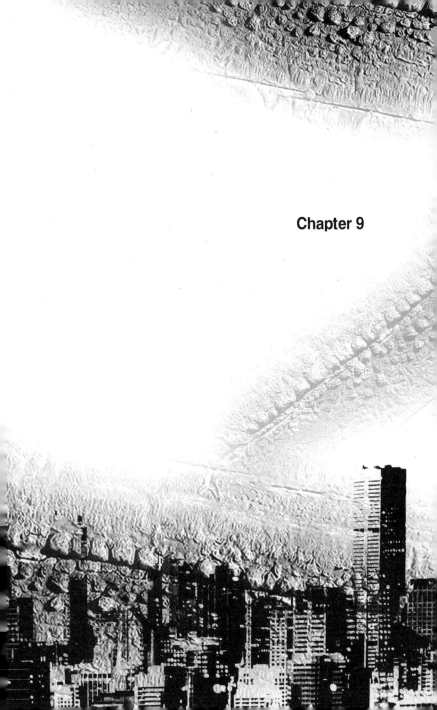

Chapter 9

　북한산 근처에 위치한 도화정이라는 요정에 대산그룹의
후계자인 이중호와 필립스코리아의 박명준이 자리를 함께
하고 있었다.

　"요새 고전하시는 것 같습니다."

　이중호가 곱디고운 한복을 입은 여인에게 술을 받으며
말했다.

　"그렇게 말이야, 쉬운 일이 없네."

　박명준은 매고 있던 넥타이를 풀며 말했다.

　"블루오션의 기술력이 그렇게 대단합니까?"

이중호는 블루오션이 무선호출기 시장에서 다크호스로 떠오르고 있다는 것을 박명준에게 들어 알고 있었다.

"기술력은 우리와 비슷해. 아니, 우리가 낮다고 해야겠지. 기술력의 문제가 아니야. 제품의 디자인과 마케팅 방법이 지금까지 기업들이 사용했던 방법을 완전히 벗어나 있다는 점이지. 생각이나 발상 자체가 달라."

박명준은 블루오션을 높게 평가하고 있었다. 달리 말하면 나에 대한 평가였다.

"그래요? 직원들도 얼마 안 된다면서 우리가 그냥 인수해 버리죠."

이중호는 박명준의 말을 그리 깊게 생각하지 않았다.

"후후! 한 번 제의를 해봤는데, 가볍게 거절하더군. 이놈을 시장에서 연달아 히트시켰으니 지금은 인수가 힘들어졌어."

넓은 술상 위에는 재즈―II가 올려져 있었다.

박명준은 일부러 블루오션의 재즈―II와 필립스코리아의 마하―2를 둘 다 사용했다.

"예쁘게 만들었네요. 여자들이 좋아할 만한데요. 너희가 볼 때는 어떠냐?"

방 안에는 시중을 드는 20대 초반으로 보이는 두 명의 여인이 있었다. 일반 술집의 여자들과 달리 단아하고 기품 있어 보이는 여자들이었다.

"저도 사용하고 있는 제품이에요."

"너도?"

이중호가 박명준의 파트너에게도 물었다.

"예, 저도 사용하던 걸 재즈—II로 바꿨어요."

여자는 아무렇지 않게 대답했다. 그 말에 이중호의 입에
서 박명준을 걱정하는 말이 나왔다.

"하하! 이거 정말 고생 좀 하시겠네요."

"그 덕분에 요새 새벽 운동을 다시 시작했다고. 오랜만에
승부욕도 생기고 말이야."

박명준은 일에 집중적으로 매진할 때면 체력을 길렀다.
며칠 밤샘을 해도 끄떡없을 체력을 말이다.

박명준이 회사를 떠나지 않으면 직원들도 쉽게 퇴근을
할 수 없었다.

"하긴, 평탄했던 형님도 자극이 필요할 때가 되었죠. 근
데 영수 놈이 좀 늦네요."

그때였다.

석산건설의 후계자이자 청운회의 멤버인 박영수가 방 안
으로 들어왔다.

"늦어서 죄송합니다. 지리를 잘 몰라서 좀 헤맸습니다."

박영수는 고개를 숙이며 말했다.

오늘은 박영수가 제대한 걸 축하해 주기 위해 이중호가 만든 자리였다. 군을 독자 혜택으로 단기사병으로 갔다 왔지만 다른 청운회 멤버와 달리 군 경험이 있는 인물이었다.

이중호 또한 군대를 갔다 왔다.

아버지의 힘과 주변의 도움으로 용산에 있는 국방부에서 근무했지만 다른 재벌 집 아들과 달리 온전하게 군 생활을 했다.

그래서 이중호는 청운회의 멤버 중에서 박영수를 제일 아꼈다.

"처음은 다 그렇지. 영수가 왔으니까 난 그만 가봐야겠다. 밀린 일도 있어서 말이야."

"왜 가세요? 오랜만에 술 한잔하시죠."

박영수가 박명준을 보고 말했다. 같은 밀양박씨라고 가깝게 알고 지냈었다.

"형님이 요새 사업적으로 고민이 생기셨다."

이중호가 박영수를 보고 말했다.

"하하! 아니, 형님도 사업상에 고민이 있으세요?"

박영수는 박명준이 어떤 인물인지 잘 알고 있었다.

대산그룹에서 가장 잘나가는 계열회사 사장이며 재계에서도 손꼽히는 경영통이라는 것을.

대산그룹 내에서도 박명준의 목소리에는 힘이 있었다.

"너도 조만간 경영에 참여하면 알게 돼. 늙다리가 빠져야 너희도 재미있게 놀지. 자, 필요하다고 한 것보다 좀 더 넣었다."

박명준은 걸어놓은 양복 주머니에서 봉투 하나를 꺼내 이중호에게 건넸다.

박명준은 이중호가 이끌고 있는 청운회를 후원하고 있었다.

대산그룹의 후계자인 이중호였지만 용돈으로 쓰는 돈에는 한계가 있었다. 대산그룹의 회장인 이대수는 이중호에게 용돈을 그리 풍족하게 주지 않았다.

물론 일반이 생각하는 용돈의 금액은 절대 아니었다.

"고마워요, 형. 나중에 이자까지 다 쳐서 갚을게요."

"그래. 잘 놀다 가라."

박명준이 자리를 떠나자 그 옆에 앉았던 파트너가 그를 배웅하기 위해 함께 자리에서 일어났다.

"빨리 자리를 마련하려고 했는데, 내가 좀 바빴다."

이중호가 술병을 들어 직접 박영수에게 술을 따라주었다.

"고맙습니다. 이렇게 챙겨주셔서."

"고맙긴, 당연한 거지. 내가 특별히 너한테 어울리는 파트너를 골랐다. 가서 오라고 해."

이중호의 말에 그의 파트너가 자리에서 일어나 밖으로 나갔다.

그리고 잠시 뒤 맑고 화사한 미모를 가진 미인이 방 안으로 들어왔다.

쉽게 볼 수 없는 미모를 지닌 여자였다. 여자는 인사를 하고는 박영수의 옆에 앉았다.

"어때? 이번 KBM 신인탤런트에 합격한 친구야."

이중호는 자신 있게 말했다. 그는 박영수가 좋아하는 여자 스타일을 알고 있었다.

"예쁘네요. 감사합니다."

예상했던 거와 달리 박영수의 반응이 별로였다.

"너 취향이 바뀌었냐?"

"하하! 아니에요. 사실 내일 소개팅을 하거든요."

박영수의 말뜻을 이중호는 금세 알아챘다.

여자를 까다롭게 보는 박영수가 자신 앞에 있는 미모의 신인 탤런트에게 별다른 반응이 없다는 것은 내일 만날 여자가 보통이 아니라는 것이다.

"하하하! 자식, 네가 원했던 사람을 찾은 거야?"

박영수는 여자 보는 눈이 보통 높은 게 아니었다. 그는 또한 훤칠한 키에 생김새도 훈남이었다.

"거의 90%는요. 만나봐야 확실히 알겠죠."

"누군데 박영수의 마음을 훔친 거야?"

"법학과에 입학한 새내기예요. 이번에 전체 수석으로 들어와서 머리도 상당히 좋은 친구예요."

"인물도 좋고 머리도 좋다. 이거 금상첨화인데. 그럼 네가 원하던 여자를 만나는 기념으로 한잔하자."

이중호가 잔을 들었다.

"예, 사귀게 되면 형에게 제일 먼저 소개해 드릴게요."

"그래야지. 오늘은 적당히 마셔야겠네."

잔을 부딪친 두 사람은 옆에 앉아 있는 미모의 파트너에게는 관심을 그다지 보이지 않았다.

* * *

예인이는 소개팅을 하기로 한 날임에도 평소와 다름없는 모습이었다.

들뜨거나 긴장된 모습을 전혀 볼 수 없었다.

차분한 예인이의 모습에 내가 오히려 소개팅을 하는 날이 맞는지 물어보게 되었다.

"오늘 소개팅한다고 하지 않았어?"

"어, 오늘이야."

"그럼 미리도 좀 예쁘게 하고 옷도 골라야 하지 않나?"

"뭐, 그냥 평소대로 하고 나가면 되지."

예인이는 소개팅을 특별하게 생각하지 않는 것 같았다.

"그래. 예인이는 치장을 하지 않아도 예쁘니까. 몇 시라고 했지?"

"오후 4시에 만나기로 했어."

"그럼 아직 시간이 있네. 준비되면 알려줘, 2층에 있을 테니까."

"알았어. 같이 나가줘서 고마워."

"뭐가 고마워 당연히 내가 챙겨야지."

내 말에 예인이는 환한 미소로 화답했다.

누군지는 모르지만 예인이를 데려가는 남자는 평생 행복할 거라는 생각이 들었다.

요즘 들어 머릿속에는 온통 중국 생각뿐이었다.

책상에 펼쳐진 노트에는 중국 시장에서 성공했었던 제품들이 빼곡하게 적혀 있었다.

또한 그 옆으로는 중국과 관련된 자료와 책들이 쌓여 있었다.

각 회사의 대표실마다 중국과 관련된 정보 파일들을 수북이 쌓아놓고 살았다.

"화장품은 전문 분야도 아니고 아직 먼 이야기일 수 있으니… 차라리 닉스와 블루오션의 레드아이를 가지고 들어가는 것이 낫을 거야. 중국에 새롭게 만들어지고 있는 회사와 공장들, 그리고 소득이 높아지면서 가정집에도 전화기가 필요하게 될 테니까."

며칠간 고민했던 생각들을 노트에 적어 정리해 놓았다. 중국은 물류와 관련된 운송 시설과 통신 인프라가 부족했다. 이 분야는 경제 성장과 관련되어 필수적인 요소들이었다.

일본이 우리를 10년 정도 앞서 간다고 생각하면 중국은 우리에게 10년이 뒤진다고 생각했다.

물론 기술력의 차이를 엄밀히 따지면 일본이 20년 앞선 것도 있었고 5년 정도 앞선 분야도 있었다.

앞선 분야를 따라잡을 수 방법은 미래를 예측할 수 있는 현명한 투자와 시장의 트랜드(흐름)를 놓치지 않는 점에 있었다.

중국은 한국이나 대만과는 조금 다른 수출 드라이브 전략을 구사했다.

1978년 이후 중국은 외국인 투자 도입에 근거한 중국형의 외국인 투자 유치 드라이브 전략을 추진해 왔다.

풍부한 노동력과 자금, 기술의 부족, 정치적 충격 최소화의 필요 등을 고려하여 중국은 중국형 외국인 투자 드라이브와 수출 확대 전략, 즉 외국인 투자를 이용하여 고용을 확대하는 동시에 수출을 확대하는 전략을 추진했다.

"현지에 공장을 세우는 것도 하나의 전략이지만 합작회사나 현지인을 내세워야 하는 게 문제일 수 있어……."

중국에 독자적으로 외국인 투자자가 100% 단독 투자해서 회사를 차리는 방식을 중국에서는 독자기업 또는 외자기업이라 불렀다.

독자기업은 외국 투자자가 독자적인 경영권을 행사하는 것으로, 중국 정부가 합자나 합작 기업에 비해 보다 엄격한 제한과 까다로운 조건을 두고 있었다.

또한 중국 내 판매가 아닌 외국으로 100% 수출을 조건으로 달기도 했다. 더구나 중국에서 투자를 조건으로 지원해주는 정책이 중국 내 기업과의 합작 조건보다 불리했다.

더구나 현재 중국은 개인기업보다는 국영기업이 대다수였다.

중국의 가장 큰 매력은 저렴한 인건비였다.

보통 중국 내 노동자는 한 달에 20~40달러 정도의 금액을 월급으로 받았다.

한국 노동자의 하루 인건비에 불과한 것이다.

"직접 투자든 중국 회사와 합작을 하든 우선은 믿을 만한 인물이나 회사를 찾는 게 중요한데……."

현재 중국은 연해 14개 개방 도시와 하이난다오(해남도)에 대한 외국인 투자 개방뿐 아니라 장강 유역과 국경 지역으로까지 개방 지역을 확대했다.

더구나 지방 정부들은 한국을 앞다투어 찾아와 투자 유치를 벌이고 있었다.

문제는 중국 내 합자기업을 설립할 시, 신용 측면에서 중국 측 파트너가 제시한 출자자산(토지, 건물)이 국가 무상임대로 출자할 수 없는 토지이거나 다른 출자자산에 저당이 잡혀 있을 경우 외국인 투자자가 자금 손실을 볼 수밖에 없었다.

초기 중국 진출 당시 러시아처럼 적지 않은 기업이 합작으로 인해 사기를 당했다.

또한 유통 능력과 영업 부분에서 중국의 유통 산업이 낙후되어 있었기 때문에 중국 측 파트너의 유통 능력과 영업력을 과신하고 투자했다가는 낭패를 볼 수 있다.

한마디로 중국 현지를 방문하여 직접 확인 실사를 하고 파트너에 대한 신용 조사를 철저히 한 후에 투자를 시행해야만 했다.

그리고 가장 큰 문제는 중국 측 파트너가 한국기업의 핵심 기술을 빼내거나 모방할 우려가 있다는 것이다.

한국기업의 지분이 많더라도 중국 측 파트너가 지분율

이상의 동사(同社 : 같은 회사)를 보유하거나, 이사장(理事長 : 이사회나 이사를 지휘하는 자)을 확보한 경우에는 경영 활동에 큰 어려움을 겪을 수 있다.

중국 진출에 관련된 사항들을 하나하나 정리할 때쯤 예인이의 목소리가 들렸다.

1층으로 내려가 준비를 끝낸 예인이를 보았다.

평소와 달리 머리를 질끈 동여맨 상태에서 흰색 셔츠와 청바지를 발랄하게 입은 예인이의 모습은 정말 상큼하고 아름다웠다.

"야! 정말 예쁘다."

"오빠가 예쁘다고 해주니까 기분 좋은데."

"아니야, 정말 예뻐. 오늘 소개팅하는 사람은 정말 복 받았다."

"그냥 선배가 하도 부탁해서 하는 거야."

"그래도. 가인이는?"

"언니는 도서관에 간다고 나갔어."

"그럼 우리도 출발할까?"

"응, 오빠가 오늘 에스코트를 잘해줘야 해."

"알았습니다. 자, 가실까요? 공주님."

난 예인이에게 정중히 손을 내밀었다.

"예, 멋진 기사님."

예인이는 내 손을 잡으면서 환한 웃음을 내보였다.

신촌으로 향하는 내내 예인이는 팔짱을 끼면서 즐거운 모습이었다.

마치 내가 오늘 예인이와 소개팅을 하는 것처럼.

예인이가 소개팅하는 장소는 한옥을 개조한 전통찻집이었다.

마당에는 작은 연못을 만들어놨고 그 속에 금붕어들이 한가롭게 헤엄을 치고 있었다.

연못 주변으로 만들어진 화단에는 예쁜 꽃들과 화초들이 조화롭게 심어져 있었다. 신촌에 이런 곳이 있었나 할 정도로 예쁜 찻집이었다.

안쪽에도 테이블마다도 꽃병이 올려져 있어 향기로운 꽃향기를 뿜내었다. 테이블의 뒤쪽 벽면에는 멋진 그림들까지 걸려 있었다.

"야, 멋진 곳인데. 여긴 어떻게 안 거야?"

잔향이란 이름의 전통찻집은 신촌 번화가에서 조금은 떨어진 곳에 자리를 잡고 있었다.

"그냥 우연히 알게 됐어."

예인이와 나는 일부러 약속 시간보다 15분 정도 일찍 도착했다. 소개팅하기로 한 상대방은 아직 도착하지 않았다.

찻집에는 여덟 개의 테이블이 있었고 세 테이블에 손님이 있었다.

"다음에 다시 한 번 와야겠네. 내가 저리 앉으면 되겠다."

예인이가 앉은 자리에서 남자를 잘 볼 수 있는 자리였다.

"내가 차를 컵받침 위에 올리지 않고 테이블에 올려놓으면 집에 가고 싶다는 표시야. 그러면 핑계를 댈 수 있게 오빠가 밖에 나가서 삐삐를 쳐 줘야 해."

나는 가인이와 예인이에게 재즈―II를 선물해 주었다.

"알았어. 그렇게 할게."

"그리고 또 오빠가 볼 때에 사람이 아닌 것 같다고 생각이 들면 똑같이 삐삐를 쳐 줘."

"네가 마음에 들어도?"

"응, 오빠가 아니라고 하는 사람은 좋지 않은 사람일 거니까, 나도 좋은 감정을 가질 수 없을 것 같아."

"예인이가 날 너무 신뢰하는데. 내가 심술을 부려서 일부러 남자가 별로라고 하면서 삐삐치면 어떻게 하려고?"

"그래도 괜찮아. 오빠 눈에 비친 사람이 아니라면 아닌 거니까."

예인이는 날 아버지인 송 관장처럼 믿고 따랐다.

"OK, 정말 신중하게 결정할게."

약속한 시간이 10분 정도 남았을 때 난 예인이 뒤편에 앉았다.

그리 얼마 뒤 훤칠한 키에 훈남 스타일의 남자가 찻집 안으로 들어왔다.

사내는 곧장 예인이가 앉아 있는 자리로 향했다.

"일찍 오셨네요. 경영과 박영수라고 합니다."

"안녕하세요. 송예인이라고 합니다. 학교 선배님이신데 말 놓으세요."

"아닙니다, 처음 만났는데 그럴 수 있나요. 앞으로 천천히 좀 더 알게 되면 말을 놓겠습니다. 아직 아무것도 시키지 않으셨네요."

"예, 저도 조금 전에 왔습니다."

"그러면 같이 시키지요. 뭐 좋아하세요?"

"저는 유자차를 마실게요."

"그럼 저도 유자차로 하겠습니다. 여기 유자차 2개 주십시오."

박영수는 시원시원했다. 목소리에는 힘이 있었고 여자들이 좋아할 만한 인상에다가 옷차림도 깔끔했다.

"제가 예인 씨를 소개해 달라고 성훈이를 무척 괴롭게 했습니다. 정말 오늘 이렇게 예인 씨를 만나보니까 제 노력이 헛되지 않았다는 것을 느끼게 되네요."

박영수는 예인이를 보자마자 가슴이 뛰었다.

지금껏 그의 가슴을 뛰게 하였던 여자는 아이러니하게도 어린 시절 TV에서 보았던 만화영화 속 여자 주인공뿐이었다.

나이를 먹고 여자를 알게 될 나이가 되었지만 어린 시절 가졌던 설렘이 어디로 다 사라져 버렸는지, 지금까지 그 시절에 느꼈던 감정의 여자를 만나지 못했었다.

한데 지금 눈앞에 앉아 있는 송예인은 TV에서 보았던 만화 속 여자 주인공이 현실로 튀어나온 모습이었다.

"아, 예. 솔직히 나올까 말까, 많이 망설였어요. 성훈 선배의 부탁이 아니면 나오지 않았을 거예요."

"하하하! 제가 성훈이에게 단단히 한턱내겠습니다. 앞으로 예인 씨한테 잘해주라는 의미에서요."

예인이의 말에 박영수는 웃으면서 말했다. 사실 박영수는 예인이가 정말 이 자리에 나올까 하는 의구심까지 들었었다.

예인이를 처음 본 날부터 그의 눈에는 어떤 여자도 들어오지 않았다.

대화를 나누는 내내 예인이는 별로 말이 없었다. 주로 박영수가 이야기하고 예인이가 짧게 대답을 했다.

'인상도 괜찮고, 별로 나쁘지 않은데.'

30분 정도 시간이 흘렀을 때에 내가 내린 평가였다. 서울대에 들어올 정도면 머리도 나쁘지 않았고 공부도 열심히 했을 것이다.

이야기를 나누는 말투나 행동도 가정교육을 잘 받은 집안의 자제 같았다.

하지만 왠지 예인이는 즐거워 보이는 박영수와 달리 그다지 반응을 보이지 않았다.

박영수도 그걸 느꼈는지 예인이가 좋아할 만한 주제로 바꾸면서 이야기를 이어나가려 했다.

"제가 별로 마음에 들지 않으신 것 같습니다. 예인 씨의 마음이 이곳에 없는 것처럼 느껴지네요."

그래도 호응이 없자 박영수는 멋쩍은 웃음을 지으며 말했다.

"아, 아니에요. 그냥 이런 경험이 별로 없어서요."

예인이의 말에 박영수의 표정이 환하게 바뀌었다.

"그러시구나. 너무 말이 없으셔서 제가 싫은 게 아닌가 생각했습니다. 저한테 궁금한 점은 없으세요?"

박영수의 말에 예인이가 입을 열었다.

"어디에 사세요?"

"하하하! 그게 제일 궁금하세요?"

박영수는 큰 소리로 웃으면서 말했다.

"제가 잘못 물었나요?"

그의 말에 예인이가 놀란 눈을 하며 물었다.

"아닙니다. 용산구 한남동에 삽니다. 더 궁금한 것 없으세요?"

"왜 성훈 선배에게 절 소개해 달라고 하셨어요?"

"예인 씨는 제가 꿈꿔왔던 이상형이니까요. 오늘 만나보니 100% 확신이 들었습니다. 사실 오늘 나오기 전에 예인 씨에 대해서 성훈이는 물론 예인 씨를 알고 있는 후배들에게 예인 씨에 대해 이것저것 물어봤었습니다. 그때 제 이상형에 거의 가깝다고 생각했는데, 오늘 제 생각이 틀리지 않았다는 것을 알게 된 거죠."

박영수는 예인이의 외모는 물론 성격과 말투까지 모든 것이 마음에 들었다.

"아, 네. 한데 전 누구에게 그렇게나 마음에 들 만한 사람은 아닌데."

"아닙니다. 정말 예인 씨를 마다할 사람은 누구도 없을 것입니다."

정말 예인이는 박영수 자신의 머릿속과 꿈속에만 그려왔던 완벽한 이상형의 여자였다.

'잘되고 있네. 이곳에 계속 있을 필요가 없을 것 같은데……'

슬슬 두 사람이 재미있게 데이트를 할 수 있게 자리를 비켜주어야겠다는 생각이 들었다.

자리에서 일어나려고 하려는 찰나, 예인이가 찻잔을 컵받침 옆으로 내려 놨다.

'어! 남자는 괜찮아 보이는데…….'

남자인 내가 볼 때도 나쁘지 않았는데도 예인이는 마음에 들지 않은 것 같았다.

나는 예인이의 부탁대로 밖으로 나가 예인이에게 삐삐를 쳤다.

그리고 얼마 뒤 예인이에게서 찻집의 전화번호가 내 삐삐에 찍혔다.

나는 다시 찻집으로 전화를 걸었다.

─잔향입니다.

"예, 삐삐를 치신 분 좀 부탁드리겠습니다.

─잠시만 기다리세요.

잠시 뒤 수화기 너머로 예인이의 목소리가 들려왔다.

─여보세요?

"나야, 남자가 마음에 안 들었어? 난 괜찮은 것 같은데.

─알겠어요. 바로 갈게요.

예인이는 내 물음에 다른 대답으로 답을 하고는 전화를 끊었다.

"알다가도 모르겠네. 그 정도면 꽤 준수한 편인데."

난 예인이와 약속했던 장소에서 기다리기로 했다.

10분 정도 지났을 때에 예인이가 모습을 드러냈다.

"오래 기다렸지."

"왜 마음에 들지 않았어? 내가 볼 때는 나쁘지 않던데."

예인이를 보자마자 궁금했던 것을 물었다.

"난 아직 남자를 만날 때가 아닌가 봐. 아무런 느낌도 없었고 앉아 있기도 좀 불편했거든."

"참 큰일이네. 가인이만 눈이 높은 줄 알았는데, 예인이도 만만치가 않네."

"후후! 언니가 그렇게 눈이 높았었나?"

예인이는 내 말에 웃으면서 말했다.

"그걸 말이라고 하니, 눈이 보통 높지가 않았다면 이 오빠를 선택했겠어? 눈 씻고 한번 찾아봐라, 세상 어딜 가서 오빠 같은 만날 수 있는지."

"하긴 오빠 같은 사람은 없지. 어딜 가야 오빠와 같은 사람을 만날 수 있을까?"

예인이는 내 말을 인정한다는 듯이 고개를 끄떡이며 내게 물었다.

순수한 예인이가 내 말을 곧이곧대로 받아들이자 말한 내가 조금 쑥스러웠다. 사실 오늘 예인이와 소개팅을 한 박영수가 키나 외모 면으로 볼 때 나보다 나아 보였다.

"그게 문제야, 나 같은 사람이 또 없다는 것이……. 정말 안타까운 일인 거지."

"후! 정말. 난 오빠 같은 사람만 있으면 곧바로 시집갔을 건데."

예인이는 짧게 한숨을 내쉬면서 내 팔짱을 끼었다. 난 예인이가 내 농담에 농담으로 대꾸하는 걸로 알았다.

"그렇게 말이야. 가인이가 먼저 날 낚아채 버렸는데 어떡하니?"

난 예인이의 말을 농담으로 계속 맞받아쳤다.

"그게 문제야. 언니만 아니었으면 오빠를 내 남자친구로 만들었을 텐데."

"이 오빠가 네가 볼 때도 너무 매력이 넘치지. 이렇게 자매간의 불화까지 유발할 정도로 매력남이니… 정말 이럴 때는 오빠가 어떻게 해야 하니?"

일반적인 여자들이 들었다면 말도 안 되는 오버에 욕했을 이야기에도 예인이의 어여쁜 눈동자는 나를 담고 있었다.

'지금처럼만 그냥 옆에 있어줬으면 좋겠어. 그런데 오빠를 알고부터 왜 이리 마음이 시릴까?'

"밥을 사주면 돼. 그러면 언니하고의 불화는 없어질 것 같은데."

예인이는 내 농담을 재치 있게 받아주었다.

"정말 밥만 사주면 되겠니?"

"응, 오늘은 밥만 사주면 돼."

예인이는 나를 보며 고개를 끄떡였다.

"그래 그럼, 밥 먹으러 가자."

예인이는 식사를 하기 위해 걸어가는 내내 내 팔을 잡고는 놓지 않았다.

때마침 불어오는 바람에 휘날리는 예인이의 머리카락에서는 은은한 향기가 전해져 왔다.

그때 멀리서 그들을 지켜보는 눈이 있었다.

"남자친구가 있었나?"

예인이와 함께 걸어가는 태수의 모습을 박영수는 눈을 떼지 않고 지켜보았다.

"후후! 골키퍼가 있다고 골이 안 들어가는 것은 아니지. 널 반드시 내 여자로 만들 테니까."

박영수는 예인이를 향해 손가락을 들어 총을 쏘는 모양새를 취했다.

지금까지 박영수가 목표로 해서 이루어 내지 못한 일이 없었었다.

Chapter 10

드디어 도시락 모스크바 현지 공장의 착공식이 열렸다.

착공식의 현장에는 보리스 옐친 러시아 대통령을 비롯하여 세르게이 비서실장과 빅토르 체르노미르딘 연방총리까지 참석했다.

러시아의 행정을 좌지우지하는 사람들이자 권력 선상에 있는 사람들이 자리를 함께한 것이다.

거기에 거물급 국회의원들과 경찰, 그리고 내무군을 휘하에 두고 있는 내무장관까지 참석했다.

그러다 보니 주러시아 대사인 홍수용 대사가 급작스럽게

참석했다.

러시아 언론들도 도시락 라면의 현지공장 착공식을 대대적으로 보도했다.

옐친 대통령은 특별히 도시락을 위해 축사를 해주었다.

"진정한 친구는 친구가 가장 아프고 힘들 때에 잊지 않는 것입니다. 여기 한국의 도시락은 러시아가 아픔을 이겨내는 상황에서 우리에게 힘을 보태주고… 도시락을 본받아 다른 한국의 기업들도 러시아에 많은 투자를 해주었으면 하는 바람입니다. 도시락의 앞날에 맑은 날만 지속하길 기원합니다."

옐친의 연설이 끝나자 연단에 있던 사람들이 박수로 화답했다.

착공식에 참석한 공사관계자들과 한국 측 관계자들은 대통령과 거물급 정치인사들을 한자리에 모이게 한 도시락의 저력에 놀라고 있었다.

주러시아 대사관 측은 도시락을 단지 한국에 있는 중소기업 중에 하나로 취급했었다.

착공식의 발파스위치를 누르기 위해 선 러시아 인사들의 면면들은 정말 대단한 것이다.

그러한 인물들 사이에 끼게 된 홍수용 대사는 놀라움을 감추지 못하고 있었다.

주러시아 대사관에 초청장을 보냈을 때에도 홍수용 대사가 아닌 참사관이 참석할 예정이었다.

착공식에 참석할 인물들의 명단을 뒤늦게 알게 된 후에야 홍수용 대사가 부랴부랴 참석한 것이다.

발파스위치를 누르는 중앙에는 옐친 대통령이, 그 옆으로 내가 섰고 내 옆으로는 체르노미르딘 연방총리가, 옐친의 옆에는 대통령비서실장인 세르게이가 섰다.

홍수용 대사는 좌측 열 끝에 한 자리를 간신히 차지했다.

그 정도로 러시아 권력 선상의 인물들이 대거 참석한 착공식이었다.

"필요한 게 있으면 언제든지 말하라고. 내가 해줄 수 있는 일들은 모두 해줄 테니까."

러시아를 이끌어가고 있는 대통령의 입에서 나올 만한 말이 아니었다.

"하하하! 각하께서 너무 강 대표님을 편애하시는 것 아닙니까?"

옐친의 말을 들은 체르노미르딘이 웃으면서 말했다. 룩오일의 인수를 반대했던 체르노미르딘은 이제는 나에 대해 상당한 호의를 보내고 있었다.

내가 옐친 대통령과 어떻게 만나게 되었고 그의 목숨을 두 번이나 구했던 일을 나중에야 알게 된 것이다.

더욱이 그를 처음 만났을 때 옐친과의 관계를 입 밖에도 내지 않았었다. 그러한 점을 체르노미르딘은 높이 평가했다.

실질적으로 러시아에 도움이 되는 일들을 진행하는 것도 그의 마음을 돌리게 한 요인이었다.

"강 대표가 없었으면 내가 이 자리에 설 수 없었을 것이오. 친구를 위해 자신의 목숨을 아낌없이 버릴 수 있는 친구를 얻는다는 것은 평생에 있어 가장 기쁘고 값진 일입니다. 그러니 내가 이럴 수밖에요."

"하하하! 제가 부러워서 한 소리입니다. 제가 강 대표님이 러시아에서 아무 문제 없이 사업을 해나갈 수 있게 조치하겠습니다."

옐친 러시아 대통령과 체르노미르딘 연방총리의 대화를 들은 홍수용 대사는 놀란 입을 다물지 못하고 있었다.

이건 보통 특혜가 아니었고 두 사람의 입에서 나온 말은 지금 참석한 러시아정부 관계자들에게도 전달되는 말이었다.

발파 버튼이 눌러졌다.

콰콰쾅!

큰 소리와 함께 도시락의 밝은 미래를 보여주는 흙더미들이 하늘로 높게 치솟았다.

도시락의 러시아 현지 공장 착공식은 국내언론에서도 비중 있게 다루었다.

러시아연방 대통령인 보리스 옐친를 비롯하여 권력 상층부에 있는 관리들이 대거 참석한 착공식이었기 때문이었다.

러시아에 가장 바쁜 인물 중의 하나인 옐친 대통령이 외국인 회사의 착공식까지 참여했다는 점은 아주 이례적인 일이었다.

언론들도 이 점을 중요시했고 러시아가 한국을 대하는 것이 다른 아시아의 국가들과 다르다는 점에 초점을 맞췄다.

옐친 대통령과 러시아 정부 관료들이 한국을 특별히 생각하기 때문에 한국의 작은 라면 회사에 불과한 도시락 착공식에 참여했다는 것이었다.

언론들은 현지 분위기를 자세히 알지 못했기에 도시락에 대해서는 큰 관심을 두지 않았다.

"하하하! 역시 대단해. 정말 보통 인물이 아니라니까."

신문을 펼쳐 보며 크게 웃은 인물은 안기부의 박영철 차장이었다. 안기부 요원이 무사히 한국으로 돌아온 이후 그는 다시 삼정실업으로 출근했다.

박영철은 언론이 놓치고 있는 점을 잘 알고 있는 인물이었다.

"옐친 대통령에다가 체르노미르딘 연방총리와 세르게이까지… 이거 러시아를 움직이고 있는 인물들이 모두 참석한 것 같습니다."

이장수 과장이 박영철의 말에 맞장구를 쳤다.

"그뿐만이 아니야, 경제 관료들과 내무부장관, 그리고 러시아 국회 부의장까지 참석했어. 다들 러시아에서 만나기가 보통 어려운 사람들이 아니라고."

박영철은 신문에 나온 인물들 외에 착공식에 참석한 인물들에 관한 정보를 모스크바에 위치한 한국대사관에서 받았다.

"외무부 애들이 깜짝 놀랐겠는데요? 홍수용 대사도 옐친 대통령이 착공식에 참석할 거라고는 생각지도 못한 것 같던데요."

"그랬겠지. 강 대표가 러시아에서 어떤 위치에 있는지 제대로 아는 사람이 몇이나 된다고. 이 과장도 강 대표에 관한 정보는 조심해서 다루어야 해. 우리에게는 은인이야."

이장수 과장은 박영철 차장의 라인이었다. 그가 안기부에서 어떤 위치를 점하느냐에 따라서 이장수의 위치도 달라졌다.

"물론이지요. 앞으로도 저희와 함께 갈 사람이 아닙니까?"

"그렇지, 함께 가야지. 강 대표의 군입대 문제는 어떻게 됐어?"

박영철은 대답을 듣기도 전에 이미 군입대 문제에 손을 쓰고 있었다.

"가장 좋은 것은 이번에 새롭게 시행된 산업체병역특례제를 이용하는 것이 자연스러울 것 같습니다."

제조업체의 인력난을 해소하기 위해서 1992년부터 시행된 제도로, 외국인 투자비 중 49%가 넘지 않는 1개 법인 1개 공장만 신청할 수 있다.

현역의 경우 전기·전자·통신·항공 분야 등 4개 자격 종목에만 취업할 수 있으며, 의무복무 기간은 34개월이었다

"잘됐네. 블루오션이 통신회사잖아?"

"예, 이미 병무청 쪽에다 이야기를 끝내놨습니다."

"잘했어. 시간이 되면 내가 다시 강 대표를 만날 테니까, 바로 진행하면 되겠네."

박영철은 강태수와 공생관계로 끝까지 가고 싶은 마음이었다. 젊은 나이에 이처럼 세계를 무대로 해서 활동하는 기업가는 한국은 물론 세계에도 자신이 알기에는 없었다. 더구나 강태수는 맨손으로 모든 것을 이루어낸 인물이었기에

박영철은 그를 더 대단하게 생각했다.

"예, 강 대표 쪽에서 서류 부분만 준비해 주면 됩니다."

"강 대표가 어디까지 갈 수 있는지 한 번 지켜보자고. 우리가 잡은 패가 정말 황금패인지 말이야."

박영철은 확신했다. 앞으로 그와 같은 인물이 이 땅에서 쉽게 나올 수 없다는 것을.

*　　　*　　　*

착공식을 무사히 마친 다음 날부터 룩오일과 소빈뱅크의 회사 관계자들과 계속 미팅을 진행했다.

아직 여름방학이 시작되지 않았기 때문에 이틀 후에 한국으로 돌아가야 한다.

그 전에 러시아에서 진행되는 사업들에 관한 업무처리를 마쳐야만 했다.

"현재까지 전체 인력 중 34% 정도를 퇴사시켰습니다."

룩오일에 남은 2명의 이사 중의 하나인 니콜라이의 보고였다.

기술직이 아닌 불필요한 인력 중에서 퇴직자들을 주로 선발했다. 사무직인 이들 중에서 자신의 담당 업무조차 없이 월급을 받아가는 인물들이 상당했다.

업무 실적과 부여받은 업무에 대한 숙련도를 평가의 잣대로 삼았다. 퇴직자의 대다수가 회사에 제시한 조건에 미달되었고 실적도 미비했다.

퇴직자들에게는 6개월 치에 해당하는 월급과 퇴직금을 지급했다. 또한 다른 직장으로의 이직을 알선하고 직업교육을 시행했다.

현지 러시아 기업뿐 아니라 러시아에 내에서 사업을 진행하는 외국 기업 중에서도 이러한 조건을 시행하는 곳이 없었다.

룩오일의 행하고 있는 퇴직자의 지원은 러시아에서도 이례적인 일로 받아들였다.

"목표로 잡은 50%에는 아직 부족하네요."

"예, 다음 달 정도면 마무리할 수 있을 것 같습니다."

"알겠습니다. 부실 사업장 폐쇄는 어떻게 되어가고 있습니까?"

나의 질문에 또 한 명의 이사인 예고르가 답했다.

"일곱 군데 부실 사업장 중에서 다섯 곳을 폐쇄했습니다. 2곳은 지방정부에서 폐쇄 허가를 내주지 않고 있습니다."

"이유가 뭐 때문이죠?"

"아마도 연방정부에서 지방정부로의 지원이 축소되는 바람에 지방정부에서 재정 문제가 발생한 것 같습니다."

구소련에서 러시아로 넘어가는 과정에서 지방정부는 상당한 어려움을 겪고 있었다.

특히나 지역 내에 있는 기업이 유지가 되지 않으면 높은 실업률과 함께 지방소득세를 걷어들일 수 없었다.

중앙정부의 지원이 줄어든 상황에서 러시아에서도 큰 기업에 속한 룩오일의 사업장 폐쇄는 지방 정부에게는 타격이 컸다.

"음, 어느 지역에 위치한 사업장입니까?"

"하바롭스크 주(州)와 이르쿠츠크 주(州)에 위치한 사업장입니다."

하바롭스크는 블라디보스토크의 위쪽에 위치한 지역으로 주도인 하바롭스크는 행정·산업·교통의 중심지이자 극동지방 최대의 도시이다.

하바롭스크 지방에는 금, 백금, 비철금속, 티타늄, 바나디움, 철 등이 풍부하게 매장되어 있다. 300여 개의 금광이 소재하며, 이 중 190개가 넘는 곳이 개발 단계에 있었다.

자원 조사 보고서에 따르면 하바롭스크 지방에는 대규모 유전·가스전(대륙붕)이 있는 것으로 알려졌으며, 매장량은 50억~60억 톤에 이르는 것으로 추정하고 있다.

바이칼 호수를 품고 있는 이르쿠츠크는 동(東)시베리아의 행정·경제·문화의 중심지이다.

주도는 이르쿠츠크로 교통의 중심지이기도 한 이르쿠츠크는 대부분이 해발 500m 이상인 중앙시베리아 고원이며 금과 운모, 마그네사이트, 석탄, 천연가스, 원유가 풍부했다.

또한 목재 가공과 기계·화학 공업이 발달한 곳이기도 하다. 두 지역은 시베리아횡단 철도와 연계되어 있다.

룩오일은 이르쿠츠크에서 코뷔트킨스크 가스전 개발사업에 참여했었다.

"두 곳의 문제점은 무엇입니까?"

"예, 지방정부가 약속한 인프라 구축에 대한 자금 지원이 끊긴 상태에서 신규 투자가 이루어지지 않아 가스전 탐지 작업이 중단된 상태입니다. 지금 발견된 소규모의 가스전은 경제성이 떨어져 생산에 들어갈 수 없습니다."

예고르의 말처럼 룩오일이 소유하고 있거나 개발이 진행 중인 곳들이 많다 보니 자금 집행의 문제가 발생한 곳이 생겨났다.

너무 많은 일을 벌이고 불필요한 곳에 자금이 소요되다 보니 해마다 예산 부족을 겪었다.

"가능성이 전혀 없는 곳입니까?"

"대규모 가스전이 있을 가능성은 충분히 있습니다. 문제는 탐지 장비를 보다 최신장비로 교체해야 하는 점입니다.

현재 사용 중인 장비가 너무 낡아서 물리적인 탐사가 원활하지가 않습니다."

가스전 발굴이나 원유 발굴이 힘든 점은 탐사 장비도 고가에다가 가스전이나 원유가 탐지된 지역의 시추 비용도 만만치가 안다는 점이었다.

"문제가 되는 장비를 교체하지 않았던 이유가 무엇입니까?"

"이전부터 장비 교체를 건의했지만 다른 사업에 밀려 시행되지 않았습니다."

예고르의 말에 룩오일이 얼마나 계획 없이 사업을 진행했는지 알 수 있었다.

가장 시급한 일을 우선시하지 않고 엉뚱한 곳에 자금을 투자한 것이 부실의 원인이었다.

"혹시 장비의 문제가 아니라 탐지 능력이 떨어지는 것은 아닙니까?"

"아닙니다. 룩오일은 전반적으로 문제점이 있지만, 가스전이나 원유탐사에 따르는 기술력은 다른 기업에 전혀 뒤지지 않습니다. 제때에 지원이 이루어졌다면 두 지역에서 좋은 성과를 보여줄 수 있었을 것입니다."

룩오일에서 기술적인 부분을 담당하고 있는 예고르의 말은 믿을 만했다.

"한 가지만 묻겠습니다. 작업이 중단된 두 지역에 자금이 지원된다면 사업성은 어떻습니까?"

"솔직히 말씀드려서 확률은 오십 대 오십입니다. 지금까지 두 지역에 36개의 시추공을 뚫었습니다. 앞으로도 같은 숫자의 시추공을 뚫을 수도 있습니다."

문제는 시추에 들어가는 자금이었다.

노후화된 장비의 교체와 시추 작업에는 적어도 천만 달러 이상이 들어간다.

부실 사업장 폐쇄와 인원 감축으로 룩오일의 재정을 건실하게 만드는 상황에서 천만 달러는 결코 적은 돈이 아니었다. 더구나 인원 감축에 따른 위로금과 퇴직금 지급에도 상당한 돈이 들어가고 있었다.

'50%의 확률은 상당히 높은 편인데… 만약 실패하면 룩오일의 정상화가 많이 늦어질 것이고…….'

잠시 생각에 잠겼다.

탐사와 시추 작업에는 고정된 자금이 들어가는 것이 아니었다. 만약 가스전이 발견되어도 지하층 몇 미터에 자리 잡고 있느냐에 따라서 소요되는 자금이 달라진다.

가스전이 존재하는 지하층은 몇백 미터에서 수천 미터까지 다양했다.

'지금까지 투자한 자금도 만만치 않은 곳인데… 하지만

가스전이 발견되면 우리나라와 중국 쪽에 판매할 수 있는 위치에 있다는 게…….'

결정은 그리 오래 걸리지 않았다.

"음, 지금 당장 두 사업장에 시급한 자금이 얼마나 필요한지 조사해서 올리도록 하세요. 그리고 두 사업장을 담당하는 지방관리가 누구인지도 알려주시고요."

"알겠습니다. 바로 진행하도록 하겠습니다."

예고르의 목소리에 힘이 들어갔다. 사실 폐쇄가 결정되었던 두 사업장은 시기가 좋지 않았을 뿐 가능성이 높은 곳이었다.

그는 니콜라이와 함께 룩오일을 인수한 내가 사업성을 보지 못하고 무조건 구조조정을 통해 정상화만을 요구하는 사람으로 인식했다. 한발 더 나아가 회사의 건실한 사업체들을 쪼개어 팔어넘기는 것이 아닌가 하는 생각마저 했었다.

하지만 지금 그것만이 아니라는 것을 알게 된 것이다.

소빈뱅크는 룩오일처럼 문제가 되는 일이 없었다.

전체 직원 중 40%가 정리된 상황에서 모스크바와 블라디보스토크에 신규 지점 2곳을 개설한 이후 빠르게 자리를 잡아갔다.

소빈뱅크는 앞으로 모스크바를 중점으로 삼아 영업을 펼

칠 생각이다.

경비업체인 코사크는 생각했던 것보다 훨씬 더 빠르게 성장해 나가고 있었다.

러시아의 불안한 치안과 마피아의 활발한 활동에 기업들의 경비 업무와 경호 요청이 쇄도하고 있었다.

모스크바로 돌아온 시점에서 새로운 인원들이 열 명이나 코사크에 충원되었다.

매주 새로운 인물들을 뽑아야 할 정도로 일거리가 넘쳐났다.

코사크는 모스크바에서 활동하는 경비업체 중에서 세 손가락 안에 들어가는 업체로 빠르게 자리매김하고 있었다. 그 모든 게 직원들에 대한 과감한 투자와 지원 덕분이었다.

이러한 일들로 인해 경험이 풍부하고 실력이 뛰어난 인물들이 계속해서 코사크의 문을 두드렸다.

또한 독일에서 마피아와의 전투에 대비한 고기동 방탄 장갑차량 2대와 독일경찰이 사용하는 현장출동용 차량 5대를 들여왔다. 러시아의 장갑용 차량은 경비업체가 사용하기에는 너무 투박했다.

적지 않은 자금이 들어갔지만 그만한 값어치를 할 수 있는 장비들이었다.

코사크는 더는 걱정할 것이 없을 정도로 안정적으로 자

리를 잡았다.

세르브로 제련공장도 꾸준하게 들어오는 일감으로 쉴 새 없이 공장이 돌아갔다.

러시아의 모든 사업체의 보고가 끝나자 나는 녹초가 되어버렸다.

러시아에 머물 시간이 며칠뿐이어서 무리하게 일정을 진행했다.

"후유! 한국이나 러시아나 숨 돌릴 틈이 없구나."

스베르 건물에 위치한 방에서 휴식을 취했다. 체력에는 자신 있었지만, 사업은 체력만으로 되는 것은 아니었다.

과도하게 정신적으로나 육체적으로 에너지를 쏟아버릴 때면 모든 것이 귀찮아질 때가 있었다.

그때 전화벨이 울렸다.

"후후! 쉴 틈을 안 주는군. 여보세요?"

─대표님, 루나라는 분의 전화입니다. 연결해 드릴까요?

'루나가 누구지? 루나라… 아, 템페레호!'

템페레호에서 만났던 이등항해사 루나였다. 하지만 그녀의 실체는 이등항해사만이 아니었었다.

블라디보스토크에서 템페레호에 실린 금괴를 대통령 비서실장인 세르게이에게 넘긴 후 전화를 기다렸지만 루나는 연락을 하지 않았었다.

"연결하세요."

―그동안 잘 지내셨어요?

전화기 너머로 루나 특유의 목소리가 전달되었다.

너무나 뜻밖의 전화였다.

"어떻게 된 일입니까? 알려준 전화번호로 연락을 취해도 받지 않던데."

―후후! 미안해요, 연관된 꼬리들을 잘라내느라고요. 강 대표님은 러시아에서 이제 큰 거물이 되셨더라고요?

루나가 하는 말을 구체적으로 알 수는 없지만, 금괴와 연관된 인물들을 처리했다는 말로 들렸다.

"아직은 그런 소리를 들을 만한 위치는 아닙니다. 어떻게 지내셨습니까?"

―강 대표님처럼 아주 바쁘게 지냈지요. 해결해야 할 일들도 많았거든요. 더구나 올레그 셰닌를 처리하는데 생각보다 시간이 오래 걸려서요.

올레그 셰닌 구소련공산당 의장은 작년 8월 쿠데타를 주도했던 인물 중의 하나로 베트남에 거주하고 있었다.

루나는 금괴를 실은 템페레호를 베트남으로 가져가려고 했던 그를 제거하겠다고 말했었다.

"결국 성공했군요."

―후환을 없애야 하잖아요.

아무렇지 않게 사람을 죽였다는 말을 하는 루나는 무서운 여자였다.

템페레호에서도 선장실에 갇혀 있던 갑판장과 기관장을 포함한 다섯 명의 선원이 독극물로 사망했었다.

루나가 한 일로 추정했었지만 증거는 없었다.

"맡겨 놓은 돈은 어디로 보낼까요?"

─우선 제가 우편으로 보낸 계좌로 절반만 보내주세요. 나머지는 강 대표님이 운영하시는 사업체에 투자하고 싶네요. 제 미래를 위해서 안전장치를 하나 마련해 두고 싶은 것이니까 허락해 주세요. 대신 템페레호는 가져가지 않을게요.

2억 달러 상당의 다이아몬드와 금괴 중 루나에게 돌아갈 몫은 35%인 7천만 달러와 템페레호였다.

루나에게 연락이 올 때까지 템페레호에서 나온 다이아몬드와 금괴를 처분한 돈을 건드리지 않았다.

아직 처분하지 못한 절반의 금괴는 부산에 위치한 물류창고에 보관 중이었다.

현재 템페레호는 부산과 블라디보스토크를 오가면서 도시락라면과 블루오션에서 생산하는 전화기를 운송하고 있었다.

"회사의 지분을 달라는 말입니까?"

—아니에요. 회사의 경영도 모르는 제가 지분을 가지고 있어봤자 도움이 되지 않으니까요. 단지 안전한 투자처를 만들어놓자는 뜻이에요.

루나의 제안으로 문득 룩오일의 퇴직자들에게서 바우처를 사들여야 하는 일이 생각났다.

현재 나는 룩오일의 퇴사자들에게 12%의 주식을 더 사들여 보유 주식을 37%까지 늘린 상태였다. 하지만 안정적인 경영을 위해서는 전체 발행 주식의 50%가 넘어서야만 했다.

바우처는 외부 주주가 최대 41%까지 소유할 수 있었다.

"하하! 회사가 망하면 어쩌려고 저에게 투자하시려고 하십니까?"

갑작스러운 루나의 제안이 조금은 당황스러웠다.

—강 대표님을 믿으니까요. 모든 돈을 다 차지하실 수도 있는 상황에서도 저를 헤치지 않고 믿은 것처럼 말이죠. 제가 알려준 전화번호를 통하면 절 추적할 수도 있었는데 그러시지도 않으셨더군요.

루나의 말처럼 템페레호가 바다에 떠 있을 때는 루나를 충분히 제거할 수 있는 상황이었다. 그러면 2억 달러 상당의 다이아몬드와 금괴는 모두 나의 차지였다.

루나가 지금껏 겪어왔던 인물 대다수는 돈과 연관된 상

황에서 약속을 어기는 자가 대부분이었다. 아니, 약속을 지킨다는 것을 어리석게 받아들였다.

더구나 7천만 달러라는 엄청난 금액을 순순히 내준다는 것을 루나는 믿지 않았다.

루나는 블라디보스토크에서 사라진 이후 나를 지켜보고 있었던 것이었다.

하지만 나는 그녀가 생각했던 인물들과는 전혀 다르다는 것을 오랜 관찰 끝에 알게 되었다.

"저는 약속을 지킬 줄 아는 사람입니다. 지금까지 그래왔고 앞으로도 그럴 것입니다."

─그래서 믿고 투자하겠다는 거예요. 일부러 망하게 하시지는 않을 거잖아요.

"좋습니다. 그러면 만나서 이야기를 하시죠."

─그래요 그럼. 대표님이 잘 가시는 술집에서 30분 후에 보도록 하죠.

'역시, 나를 지켜보고 있었군.'

"알겠습니다."

루나의 전화를 끊고는 룩오일의 지분 상황과 하바롭스크 주(州)와 이르쿠츠크 주(州)의 사업장에 투입할 자금을 검토했다.

어쩌면 루나의 투자로 인해 부실 사업장인 두 곳이 다르게 변모할 수 있다는 생각이 들었다.

루나와의 만남을 갖기 위해 그녀와 안면이 있는 김만철과 티토브 정만을 대동한 채 루나가 말한 아코르호텔 내에 위치한 바인 에스뻬베로 향했다.

나를 경호하는 경호팀은 3분 거리에 위치한 곳에서 대기하기로 했다.

에스뻬베에는 사람들로 붐볐다.

루나를 찾기 위해 주변을 살폈지만 루나와 비슷한 여성은 눈에 띄지 않았다.

그때 내 옆으로 검은색 머리카락에 늘씬한 몸매를 가진 여성이 다가와서 인사를 건넸다.

"오랜만이에요."

"루나 씨가 맞습니까?"

붉은 머리카락에 주근깨가 덮여 있던 루나의 얼굴이 아니었다. 이전의 루나가 발랄하고 귀여운 아가씨였다면 지금의 모습은 사람의 이목을 단숨에 사로잡을 정도로 매력적이고 섹시한 모습의 여인이었다.

이전의 루나와 같은 인물이라고는 도저히 말할 수 없는 모습으로 변해 있었다.

"예, 조금 달라졌죠."

루나는 나의 물음에 웃으면서 대답했다. 붉은 머리카락과 잘 어울렸던 갈색 눈동자도 검은색 눈동자로 바뀌어 있었다.

"조금이 아니라 완전히 딴사람이 되었네요. 이게 루나 씨의 본 모습입니까?"

짧은 미니스커트 위로 코트를 걸치고 있는 루나의 모습은 패션 무대 위에서 멋진 런웨이를 보여주는 패션모델 같았다.

"저도 잘 모르겠네요. 저의 진짜 모습을 본 사람은 이 세상에는 존재하지 않으니까요."

거침없이 나오는 루나의 말에는 가시가 들어 있었다.

"하하! 더는 물어보지 못하겠습니다."

"그러시는 게 편하실 거예요. 무서운 두 분은 항상 함께 다니시네요."

루나는 김만철과 티토브 정을 가리키며 말했다. 두 사람은 뒤쪽에 자리를 잡고 앉아 있었다.

김만철은 루나에게 손을 흔들며 아는 척을 했다.

"모스크바는 언제 어떤 일이 벌어질지 모르니까요."

"하긴 그렇죠. 모스크바는 무척이나 활달하면서도 위험한 도시이죠. 저리 앉으실까요?"

"그러지요. 저녁 식사는 했습니까?"

"아직이요."

"그럼 간단한 식사를 하면서 이야기를 나누시지요."

"술도 한잔하면서요."

고혹적인 눈웃음을 지으며 말하는 루나의 모습은 바에 흐르고 있는 끈적끈적한 재즈와 무척이나 비슷하게 느껴졌다.

"하하하! 알겠습니다."

내가 손을 들자 웨이터가 빠르게 다가왔다. 웨이터는 에스뻬베를 자주 찾는 나를 알고 있었고 내가 보통 인물이 아니라는 것을 알았다.

요기를 할 수 있는 술안주와 술을 시켰다.

"이건 루나 씨의 몫으로 빼놓은 돈입니다. 아직 우편물이 도착하지 않아 원하시는 계좌로 보내지 못했습니다."

나는 정확히 7천만 달러가 들어 있는 소빈뱅크의 통장을 내밀었다.

루나는 통장을 들고는 안에 들어 있는 돈을 확인했다.

"후후! 정말 큰돈이네요. 전화로 말한 대로 절반은 강 대표님이 운영하시는 회사에 투자하겠어요."

"생각을 바꿀 의향은 없습니까?"

"왜요? 돈을 날릴까 봐 불안하세요? 일부러 날리는 것이 아니라면 투자금이 사라져도 상관없어요."

"음, 확실하게 루나 씨의 의중을 알고 싶어서 한 번 더 물어본 것입니다."

"전 강 대표님을 믿고 있어요. 그래서 제가 마무리 지어야 할 일들을 끝마친 것이고요."

순간 루나의 나이가 궁금했다. 처음 봤을 때는 이십 대를 갓 넘은 앳된 얼굴이었지만 지금은 이십 대 중반 이상으로 보였다.

화장으로 모습을 달라지게 하는 것과는 사뭇 달랐다. 한마디로 말투와 행동이 이전의 루나가 아니었다.

"그럼 투자를 진행하겠습니다. 루나 씨의 자금으로 투자할 대상은 이번에 제가 인수한 룩오일입니다. 투자 자금은 회사직원들이 가지고 있는 바우처(국민주) 인수와 가스전 탐사에 투자될 것입니다. 루나 씨는 투자된 자금만큼 지분을 소유하게……."

나는 루나에게 대략적인 투자에 관한 설명을 해주었다.

"무슨 말인지 알겠네요. 보통 분이 아니라는 것을 알았지만 룩오일까지 인수하셨을지는 몰랐네요."

루나는 룩오일에 대해 잘 알고 있었다.

"하하하! 러시아는 제게 기회의 땅인 것 같습니다. 마침 룩오일에도 추가 자금이 필요할 때에 루나 씨가 연락을 해왔으니까요."

아직 템페레호에서 나온 다이아몬드와 금괴를 모두 현금으로 바꾸지 못했다. 그러기에는 너무 덩어리가 컸다.

저녁을 먹으면서 여러 이야기를 나눈 후에 사인을 마친 투자계약서를 서로 나누어 가졌다.

"이제 어디로 가실 것입니까?"

"아직은 정해지지 않았지만, 남미 쪽을 여행하고 싶은 마음이 생겼어요."

"루나 씨에게 연락을 하기 위해서는 어떻게 해야 합니까?"

한곳에 머물지 않고 신출귀몰하게 다니는 루나였기에 그녀와의 연락이 쉽지 않았다.

"우편물에 제 연락처도 동봉했어요. 그쪽으로 연락하시면 제가 강 대표님께 연락을 드리지요."

"설마 전처럼 연락이 안 되는 전화번호는 아니겠지요?"

"후후! 그럴 일은 한 번뿐이에요. 그리고 제 도움이 필요하시면 연락 주세요. 동업자를 위해서 한 번의 도움은 드릴 테니까요."

루나의 도움이 무엇을 말하고자 하는지 알았지만 그런 일이 일어나지 않아야 했다.

"알겠습니다. 루나 씨의 도움은 룩오일에 대한 투자로도 충분합니다."

"그럼 다음에 또 뵙도록 하지요. 그리고 이거는 제가 템페레호의 일을 마무리할 때에 알게 된 사실이에요. 세르게이 대통령비서실장을 너무 믿지 마세요."

루나는 사진 한 장을 내게 내밀었다. 사진 속의 인물은 어디서 본 듯한 인물이었지만 생각이 나지 않았다.

"이 사람이 누구입니까?"

"템페레호에 승선했던 선원이자 세르게이가 심어놓았던 인물이에요. 의심스러운 모습에 한동안 제가 지켜보다가 마무리를 지었어요. 이자가 어쩌면 우리가 동해항에서 빼돌렸던 2억 달러의 실체를 세르게이에게 전달했을 수도 있어요. 러시아에서 돈은 죽은 사람도 움직일 수 있으니까 몸조심하셔야 해요."

루나의 말에 사진 속 얼굴이 생각났다. 우리에게 적극적으로 협력했던 선원 중의 하나였다.

루나의 말처럼 2억 달러는 큰 금액이었고 세르게이가 그 돈에 욕심을 낼 수도 있었다.

"알려주어서 고맙습니다. 그럼 잘 지내십시오."

나는 루나에게 손을 내밀어 악수를 청했다. 루나는 내 손을 잡지 않고 그대로 나를 안고는 볼에 뽀뽀를 했다.

그녀의 체취와 섞여서 풍겨오는 향수 냄새가 묘한 기분을 느끼게 하였다.

"언제 제게도 기회를 한 번 주세요."

나의 왼쪽 귀에 속삭이듯 유혹의 말을 남긴 루나는 빠른 걸음으로 에스뻬베를 벗어났다.

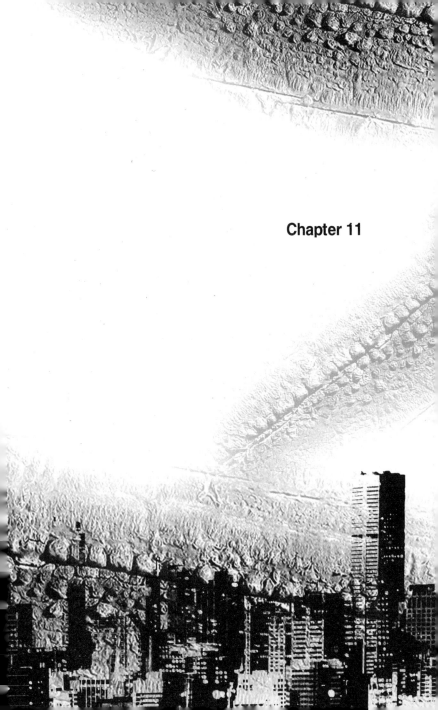

Chapter 11

 루나의 투자 제의는 룩오일의 숨통을 터주는 일이었다.

 다음 날 루나가 보내온 우편에 들어 있는 계좌로 송금을
해주었다. 계좌번호는 스위스 위치한 은행이었다.

 나머지 자금으론 계획대로 퇴직자들의 바우처를 사들였
다. 또한 하바롭스크 주(州)와 이르쿠츠크 주(州)의 사업장
에 각각 5백만 달러와 6백만 달러의 자금을 배정했다.

 그 돈으로 탐지장비를 교체하고 새로운 시추공을 뚫을
수 있었다. 또한 관련 지역의 관리와 통화를 하여 사업장을
폐쇄하지 않는 조건으로 탐사지역의 사용 기간을 대폭 연

장했다.

재정상 어려움을 겪고 있는 지방 정부에게 중단된 인프라 지원 자금을 요청하는 것보다 그것이 오히려 서로에게 이익이었다.

러시아에서의 일을 서둘러 마치고 나는 다시 한국행 비행기에 올랐다.

중국과의 수교가 원래의 역사보다도 한 달 일찍 체결되었기 때문이다.

실제의 역사와 다르게 진행되는 일들에 대해 어떻게 받아들여야 할지가 고민이었다.

이런 일로 인해서 무엇이 어떻게 달라질지 예측하기가 무척 힘들었다.

지금의 정부는 북방외교의 정점을 찍은 중국과의 외교성립을 자랑스럽게 여겼다. 하지만 중국과의 외교 성립과 함께 오랜 우방이었던 대만과 단교를 진행하게 되었다.

미국과 일본은 물론 100여 개가 넘는 나라들이 차례대로 중국과 수교하면서 대만과 단교를 진행했다. 한국정부 역시 오랜 시간 동안 좋은 관계를 맺은 대만과 어쩔 수 없이 관계를 정리할 수밖에 없었다.

90년대로 넘어오면서 대만을 정식 국가로 인정하고 수교를 맺은 몇 안 되는 국가 중에 그나마 힘 좀 쓸 수 있는 나라는 한국이 유일했지만, 한국도 중국의 요구를 끝까지 거부할 수 있는 처지는 못 되었다.

국제적인 흐름과 경제논리를 따졌을 때에도 거대시장으로 등장한 중국을 놓칠 수는 없었다.

한국이 대만과 단교할 것은 충분히 예상된 일이었고 대만정부도 이를 사전에 이미 알고 있었습니다.

한국정부도 수차례에 걸쳐 부총리급이 대만을 방문해 사정을 설명하고 양해를 구하면서 대만이 먼저 한국과 단교하는 형식을 취함으로써 표면적으로 대만의 위신을 세워주는 모양새를 취했다.

하지만 국제 외교무대에서 점점 중국에 밀려나면서 초조해진 대만정부가 자신들의 어려움을 회피하는 수단으로 한국정부가 일방적으로 단교를 강행했다는 헛소문을 퍼트렸다.

그러한 소문은 대만 시민들을 격앙시켰고 연일 한국을 성토하는 데모가 타이베이에서 일어났다.

국내언론은 이러한 모습을 생생하게 전했다.

"음, 어쩔 수 없는 힘의 논리겠지. 대만의 상황이 불쌍하지만 거대한 시장을 한국만 놓칠 수는 없으니까."

읽고 있던 신문을 내려놓았다. 나는 롯데호텔에서 열리

는 중국 투자설명회에 참석하기 위해 이동 중이었다.

상하이시 정부관계자들이 한국과의 국교 성립에 맞추어 상하이시 투자설명회를 하려고 대거 한국을 방문했다.

상하이시 주석과 중국공산당 정치국원인 상하이시 당서기와 상하이시 시장은 물론 상하이시 인민대표까지, 상하이를 대표하는 모든 인물들이 내한했다.

현재 중국에 투자하고 있는 외국투자가들이 투자하기에 가장 좋은 조건을 갖춘 중국 연해 도시들로 상하이와 광주 그리고 심천의 순위로 뽑혔다.

이 순위는 외국투자기업의 투자액, 노동자 수, 전기사용량, 수출입량, 수상·항공 화물운송량, 상품거래총액 및 금융상황 등을 종합평가하여 순위를 매겼다.

가장 높은 순위에 오른 상하이는 미국은 물론 일본과 홍콩 그리고 대만 자본까지 대거 몰려들고 있었다.

더욱이 상하이는 천안문 사태 이후 급부상하여 1990년 4월 중국의 최고 실권자인 덩샤오핑(등소평)의 마지막 공직이었던 국가중앙군사위원회 주석에 선출됨으로써 당과 정부의 전권을 완전히 장악한 현 장쩌민(강택민) 당총서기의 정치 기반이었다.

그는 양상쿤(양상곤) 국가주석 다음으로 중국을 책임질 인물이었다.

롯데호텔로 향하는 차 안에서 중국 진출에 관한 상황을 떠올리며 생각에 잠겼다.

이틀 전에는 산둥반도 최북단의 해안도시 펑라이시의 시장이 주최하는 설명회에 참석했었다.

또한 북경에서 가까운 텐진에는 40만 평에 달하는 한국 기업전용 공단이 조성되고 있어 관심을 두고 있었다.

'텐진도 나쁘지 않은 곳이야. 북경도 가깝고… 하지만 중국의 모든 권력을 이양받은 쨩쩌민이 10년 이상을 정권을 이끌어간다는 것을 생각하면 상하이로 가야 하는 게 정석이겠지…….'

중국 진출에 성공하기 위해서는 중국 진출 거점을 어디에 둬야 하는지가 가장 중요했다.

명성전자의 대표 차인 그랜저 뒷좌석에 앉아 이런저런 고민을 하는 사이 승용차는 벌써 롯데호텔에 도착해 있었다.

"대표님, 도착했습니다."

운전기사의 말에 나는 생각에서 벗어났다.

러시아에서 돌아온 이후 운전면허 도로주행까지 합격한 나는 쌍용자동차에서 나오는 코란도를 개인 차량으로 구매했지만, 오늘은 투자설명회에 참석하는 만큼 명성전자의 대표 차량을 이용했다.

롯데호텔에서 열리는 상하이시 투자설명회도 아무나 참석할 수 있는 것이 아니었다.

상하이시는 한국 내 일정 규모 이상의 회사와 매출 그리고 전문분야의 기술력을 가지고 있는 회사를 선별하여 초대장을 보냈다.

대기업은 대부분 초대장이 보내졌고 중소업체는 위의 세 가지 상황을 고려했다.

우스운 것은 닉스와 블루오션에 각각 별도의 초대장이 날아온 것이다.

한국과 마찬가지로 중국도 전자통신 분야에 관심이 많았다.

무선호출기 시장에서 대기업에 전혀 밀리지 않고 놀라운 판매실적을 올리고 있는 블루오션을 상하이시 관계자들도 눈여겨본 것이다.

닉스는 미국 수출과 일본 진출은 물론 러시아에도 인기가 올라가고 있는 상황과 국내시장에서 절대적인 인기를 얻고 있는 닉스 신발의 성공을 고려해서 보낸 것 같았다.

나는 블루오션으로 보낸 초대장을 들고 참석했다.

롯데호텔 2층에 마련되어 있는 대회의장에는 사람들로 가득했다.

중국과의 수교 이후 새로운 기회의 땅으로 중국이 급부

상했기 때문이다.

러시아는 지리적인 요인과 작년 일어난 쿠데타 이후의 혼란스러운 경제 상황으로 국내 기업들과 경제인들의 관심에서 한발 물러나 있었다.

"초청장을 보여주십시오."

중국 전통 의상인 붉은 치파오를 입은 아리따운 여성이 친절하게 말했다.

치파오는 청대(淸代)에 형성된 중국의 전통의상으로 원래 남녀 의상 모두를 이르는 말이지만, 보통 원피스 형태의 여성 의복을 지칭한다. 몸에 딱 맞는 형태의 옷으로 치마에 옆트임을 주어 실용성과 여성미를 강조했다.

"여기 있습니다."

"확인되셨습니다. 왼쪽 세 번째 테이블입니다. 테이블에 회사명이 쓰여 있는 좌석에 앉으시면 됩니다."

미소를 띠며 말하는 안내원의 말대로 나는 왼쪽에 위치한 테이블로 걸어갔다.

테이블에는 이미 두 명의 사람이 앉아 있었다. 그중에 한 사람은 내가 잘 알고 있는 사람이었다.

필립스코리아의 사장인 박명준이었다.

"이제 오셨습니까?"

그는 나를 반갑게 맞아주었다. 올해 들어 그와 마주치는 경우가 잦아지고 있었다.

"아, 예. 잘 지내셨습니까?"

"덕분에 잘 지내지 못하고 있습니다. 재즈―II가 너무 잘나가서 제가 회사에 완전히 매여 있습니다."

박명준은 나를 보자마자 앓는 소리를 했다. 그의 말처럼 재즈―II는 무선호출기 시장에서 선풍적인 인기를 끌고 있었다.

재즈―II는 뛰어난 컬러감에 시대를 앞선 디자인과 경쟁회사와 비교해도 전혀 뒤떨어지지 않은 성능을 자랑했고, 서태지와 아이들을 앞세운 홍보 전략까지 삼박자가 더해져 시장에서는 품귀 현상까지 일어났다.

명성전자 제2공장에서 전적으로 재즈―II만 제작하고 있었지만, 폭발적으로 늘어난 수요를 감당하기가 힘들었다.

그 결과 필립스코리아가 무선호출기 시장에 야심작으로 내세운 마하―2가 전혀 힘을 쓰지 못하고 있었다.

마하―2의 고객층은 블루오션의 재즈―II가 타깃으로 삼은 이삼십대의 고객층과 같았다. 재즈―II가 마하―2의 고개들을 상당수 잠식한 것이다.

박명준이 나에게 앓는 소리를 하는 이유를 충분히 이해할 수 있었다.

"제가 미안하다고 말씀드려야 하나요?"

박명준은 내 말에 호쾌하게 웃으며 말했다.

"하하하! 미안할 것까지는 없습니다. 이렇게 서로 경쟁을 해야 더 발전할 수 있으니까요. 다음에는 이번처럼 호락호 락하지 않을 것입니다."

"필립스코리아에서 저희 블루오션만 타깃으로 삼으신 것 같습니다."

"시장에서 앞서 나가는 회사는 늘 표적이 되는 것입니다. 블루오션도 중국 진출을 생각하고 있으십니까?"

박명준은 궁금하다는 듯이 물었다. 필립스코리아가 속해 있는 대산그룹은 중국 진출을 적극적으로 타진하고 있었 다.

그와 관련되어 대산그룹 내에 속한 계열사 인물들이 오 늘 설명회에 상당수 참석했다.

"아직은 아닙니다. 앞으로 중국시장이 커지지 않을까 하 는 생각에서 설명회에 참석한 것입니다."

박명준에게 모든 것을 다 말해줄 필요는 없었다. 그는 내 의중을 꿰뚫어 볼 수 있을 정도로 노련하고 실력을 갖춘 경 영자였다.

"말씀대로 앞으로의 중국은 지금의 중국이 아니게 될 것 입니다. 우리에게는 무궁무진한 기회를 줄 시장입니다. 저 희는 그룹 차원에서 적극적으로 중국 투자를 염두에 두고 있습니다."

박명준은 내가 물어보지도 않은 이야기를 해주었다. 사실 중국 투자에 적극적으로 임하는 기업은 대산그룹만이 아니었다.

중국 우전부(郵電部)는 내년부터 2000년까지 8년 동안 낙후된 통신망 현대화를 위해 총 2천억 위안(3백 70억 달러)을 투자할 계획이다.

이 계획에 따르면 중국 전화 보급 대수를 9천 6백만 대로 늘려 전화보급률을 75%까지 높이는 한편 중국 전역의 70% 이상, 현(縣) 이상의 지역에 국제직접전화망을 개통시킨다는 목표를 설정했다.

또한 성(省)과 도(都) 소재지와 주요 도시 간에는 광통신망을 구축하여 앞으로 한국과 일본의 광통신망 접속은 물론 나아가 러시아와 유럽까지 연결한다는 계획이었다.

이와 관련되어 금성정보통신과 삼성 그리고 대우가 적극적으로 참여를 검토하고 있었다.

대산그룹도 필립스코리아를 앞세워 중국 통신망 현대화 사업에 참여할 계획이었다.

'확실히 기회의 땅이긴 하지. 그러나 중국이란 나라를 제대로 알지 못한 채, 거대 시장이라는 이유 하나만으로 준비 없이 투자를 진행한 기업들 상당수가 큰 손해를 입

었었지…….'

철저한 준비 없이 12억 인구의 거대 소비시장이란 이유와 저렴한 인건비만을 믿고 뛰어든 많은 기업들이 실패를 겪었다.

중국에서의 실패는 중소기업뿐만 아니라 대기업도 마찬가지였다.

"저희는 아직 중국에 대해 잘 알지 못하기 때문에 이번 기회에 좀 배우려고 합니다."

"그렇게 하십시오. 중국이 열린 이상 기회는 공평하니까요."

그때 박명준을 부르는 인물이 있었다. 아마도 대산그룹의 관계자인 것 같았다.

대산그룹과 관련된 테이블은 별도로 준비되어 있었다.

"강 대표님과 이야기를 좀 나누려고 했는데, 오늘은 안 되겠네요. 그럼 좋은 시간 되십시오."

"예, 좋은 말씀 잘 들었습니다."

나와 인사를 마친 박명준은 대산그룹 관계자들이 있는 테이블로 이동했다.

투자설명회에 사람들의 입장이 거의 마무리되자 앞쪽 연단에 사람들이 들어섰다.

모두 다 상하이시와 연관된 관리와 경제인들이었다.

그때 대산그룹의 테이블이 있는 쪽으로 두 사람이 걸어 가는 것이 보였다.

대산그룹 테이블에 앉아 있던 그룹관계자들이 모두 일제히 일어나 두 사람에게 정중히 인사를 건네며 반겼다.

'한 사람은 대산그룹 회장 같은데… 옆에 있는 사람은 누구지?'

새벽에 내린 눈처럼 하얀색 도포를 입고 있는 모습이 일반적이지 않았다.

흰색 도포와 잘 어울리는 백발의 머리카락과 관운장을 연상시키는 길고 흰 수염으로 볼 때에 나이가 상당히 있어 보였지만 얼굴 피부는 주름 하나 없는 아기 피부처럼 곱고 보드라웠다.

'지금 세상에도 도인이 있었네.'

세상사를 달관한 듯한 표정과 모습이 마치 산속에서 도를 닦는 도인이나 깊은 공부를 통해 깨달음을 얻은 현자같이 보였다.

그는 다름 아닌 대산그룹의 고문이자 흑천을 이끌고 있는 대종사 천산이었다.

다른 그룹관계자들도 도인 같은 인물에게 인사를 건네는 것이 보였다.

상하이시 투자설명회에 그룹 회장이 직접 참석한 것은 대산그룹이 유일했다. 다들 계열사 사장급이나 담당이사가 참석한 것이 대부분이었다.

대산그룹은 중국 진출의 시발점을 상하이시로 결정한 것처럼 보였다.

상하이시와 관련된 정부관계자들의 소개 후에 곧바로 투자개발담당자가 상하이시에 대한 브리핑을 시작했다.

1992년 중국의 개혁개방을 더욱 확대하겠다는 덩샤오핑(등소평)의 남순강화 이후, 톈안먼(천안문) 사태로 야기되었던 중국 경제에 대한 불안감이 해소되면서 외국 자본 유입이 더욱 확대되고 있었다.

상하이는 아열대 지역으로 전통적으로 중국의 가마솥이라는 양자강 연안에 자리 잡고 있어 섭씨 40도까지 오르는 경우가 허다하고 밤에도 열대야가 계속된다.

무더운 기후와 함께 현재 상하이는 삼열(三熱)현상 이라 불릴 만큼 푸둥(포동 : 浦東)지구 개발과 주식 투자, 그리고 부동산 붐으로 달아오르고 있었다.

상하이 시내를 흐르는 황포강 동쪽에 위치한 푸둥지구의 개발 열기는 상하이의 미래가 달려 있다고 할 만큼 중요한 사업이었다.

상하이시 정부는 강남과 비슷한 3백 50㎢ 면적의 푸둥지구에 2030년까지 3기에 걸쳐 모두 1천억 위안(14조 5천억 원)을 투자하여 류자쭈이(육가취 : 陸家嘴) 국제금융센터, 김교(金橋) 수출가공단지, 외고교(外高橋) 자유무역지구 등을 조성한다는 계획을 발표하고 실행에 옮기고 있었다.

'음, 김교 수출가공단지에 공장을 설립하는 것도 나쁘지 않겠는데. 사무실을 류자쭈이에 두고서 말이야.'

나는 상하이시 관계자의 설명을 들으며 머릿속에서 하나하나 중국 진출 그림을 그렸다.

상하이는 개발에 들어가는 자금을 중앙정부의 힘을 빌리지 않고 주식채권 발행 외에 일본과 대만, 홍콩을 비롯한 외국자본을 끌어 들려서 충당할 계획이었다.

전 세계에 퍼져 있는 화교와 그들이 소유한 자본들을 염두에 둔 구상이었다.

실질적으로 상당수의 화교자본이 상하이시와 광동성으로 흘러들어 가고 있었다.

푸둥지구 개발이 성공하면 상하이는 현재와 같이 중국 최대 상공도시의 자리를 유지할 수 있으나 만약 실패한다면 이류 도시라 전락할 수 있었다.

하지만 미래의 상하이는 천지가 개벽했다는 소리를 들으며 중국 최대의 상업도시로 우뚝 섰고 개인당 소득도 2014년엔 4만 7710위안(835만 원)으로 중국에서 가장 높았다.

푸둥지구에 투자하는 외국 기업은 50년 이상의 토지사용권과 매매 자유화, 은행을 비롯한 외국 금융기관의 개설 인가는 물론 중국이 지금까지 금지해 온 유통 부문에서도 외국 기업의 투자를 허용했다.

푸둥 개발 지역 내 외국 기업에 대해서는 소득세를 15%로 낮추어 주는 한편 법인세도 이익이 나는 해로부터 2년 동안 면제해 주며 3~5년 사이에는 50%를 절감해 주기로 했다.

이미 일본은 대형유통업체인 야오한백화점이 1억 2천만 달러를 투자했고, 이어 일본 전자업체인 샤프도 진출을 결정하는 등 일본기업들의 투자가 활발했다.

문제는 상하이에 불고 있는 부동산 열풍으로 일본과 대만, 그리고 홍콩 기업과 개인들은 물론 북경의 각 행정부처와 권력가의 자녀들인 이른바 태자당(太子黨)에 속한 인물들이 부동산 투기에 손을 대, 50~70년 기한의 땅 사용권이 불과 1년 사이에 50% 이상 올라 버린 것에 있었다.

이들로 인해 푸둥지역 내 땅 사용권 계약이 끝난 상태라는 이야기가 흘러나오고 있었고, 상하이의 다른 지역도 베이징의 행정부처와 국영기업 등이 투기 목적으로 사들이고 있었다.

중국 도시지역의 토지 대부분은 국가 소유로 되어 있다.

중국에서는 토지를 소유할 수 없지만, 사용권을 획득함으로써 사실상 토지를 일정 용도로 일정 기간 사용할 수 있다.

"삼성도 계약을 꺼리고 있다는데… 토지사용료가 올라도 너무 올랐어."

"하긴 평당 7만 원이면 너무 비싼 거지."

테이블에 함께 앉아 있는 인물들이 서로가 알고 있는 푸둥지구에 관한 정보를 나누고 있었다.

현재 상하이에는 현대와 삼성, 대한항공, 포철 등 12개 한국기업이 진출해 있었지만 다들 출장소였고 중국정부로부터 정식 지사 인가를 받은 곳은 삼성과 선경뿐이었다.

한국기업들은 상하이로의 진출이 일본과 대만 등 다른 나라에 비해 조금은 늦은 감이 있었다.

이러한 토지사용권의 문제로 상하이에서 서쪽으로 60㎞ 떨어진 쿤산(곤산 : 崑山)시에 진출하는 기업이 늘고 있었다. 이곳은 안산공단 같은 곳으로 월평균 인건비가 우리 돈으로 4만 5천 원밖에 하지 않았다.

'땅값이 문제이긴 하지만 상하이는 중국 경제의 핵심으로 부상하는 곳이다. 앞으로 올라가는 부동산의 상승세로 보면 지금은 껌값이나 마찬가지지.'

테이블에 함께한 기업인들 대다수가 중국에 생산공장을

설립하고 국내에서 원재료와 반제품을 조달해 중국 현지에서 최종 조립 생산한 후 다시 제3국으로 수출하는 가공무역형 투자를 생각하고 있었다.

주로 인건비 상승으로 한국에서 경쟁력이 떨어진 완구와 봉제의류, 그리고 신발제조와 인쇄업종이 생산 시설을 옮겨오고 있었다.

현재 중국에서 떠오르고 있는 지역은 상하이와 칭다오(청도 : 靑島)였지만, 다롄(대련 : 大連) 지역에도 많은 관심을 두며 한국기업들이 진출을 타진하고 있었다.

"저희 지역 내에 기술집약형 기업이나 첨단기술업종과 미화 3천만 달러 이상의 투자기업에 대해서는 추가로 소득액의 3%인 지방소득세를 10년간 감면할 것입니다. 또한 수출기업과 첨단기술기업의 경우는 토지사용료 일부를 감면할 계획도 있습니다."

상하이시 관계자의 설명에도 테이블에 있는 사람들은 시큰둥한 반응이었다.

상하이시 관계자가 말하는 조건을 충족시키지 못하는 회사들이었다.

"문제는 푸둥지역 내에 싸게 구할 땅이 없다는 거야."

"중국놈들도 땅장사에 눈을 뜬 거지. 우린 다롄 쪽을 알아보고 있어, 물류 비용에서도 좀 떨어지는 게 있더라고."

"나도 그래야겠어, 한 5~6년 돌리다가 정 안 되면 베트남이라도 가지 뭐."

서로 안면이 있는 것 같은 두 사람의 이야기는 중국 진출을 염두에 두고 있는 일반기업의 생각이었다.

대기업들도 12억 인구를 자랑하는 중국의 내수시장을 노린다고는 하지만 저렴한 인건비와 중국정부의 지원에 더 매력을 느꼈다.

1시간 정도의 설명회가 끝나고 그 자리에서 바로 리셉션이 열리며 호텔직원들이 설명회장으로 음식들을 들고왔다.

상하이시 주요 관계자들 대다수가 대산그룹이 위치한 자리로 향했다.

대산그룹 회장인 이대수와 그와 함께 등장한 인물과 인사를 나누는 모습이 보였다.

"우린 그냥 오늘 들러리로 참석한 거야. 들리는 말에 상하이시에서 대산그룹에게 푸둥지역의 토지를 제공하기로 했다는데."

"삼성보다 대산이 통 크게 투자하기로 했다더군."

상하이시는 삼성그룹과 대산그룹에게 푸둥지역 진출을 요청했었다.

"대산이 요새 정부의 지원을 등에 업고 너무 공격적이야."

우리가 있는 테이블 뒤쪽에서 들려온 이야기였다. 뒤쪽

테이블에는 또 다른 대기업 관계자들이 앉아 있었다.

'음, 박명준의 말처럼 대산이 중국에 상당한 투자를 하려는 것 같은데. 한데 저 노인은 뭐 하는 사람이길래 대산그룹 관계자들이 극진하게 대할까? 설마 관상가나 점술가는 아니겠지.'

국내 대기업에서도 신입사원 채용과 그룹 내 인사승진 때에 관상가에게 의견을 구한다는 이야기가 있었다.

노인에 대한 이런 의구심이 조금 풀어지는 말이 뒤에서 들려왔다.

"천산 어른이 이대수 회장에게 상하이를 추천했다는군."

'천산. 저 노인의 이름이 천산이군.'

나는 천산이란 불린 노인에게 호기심이 동했다.

"대산은 천산 어른의 말을 이대수 회장이 무조건 따른다니까."

"대산이 여기까지 온 것이 이대수 회장의 능력만이 아니잖아. 그런데 대산그룹만의 이야기가 아니더라고. 우리 회장님도 천산 어른의 말을 경청하고 따르더군."

"하긴, 정치권에도 천산 어른의 영향력이 상당하다고 하니."

전혀 들어보지 못한 이야기였다. 앞에 보이는 노인이 대기업의 회장들에게 큰 영향력을 끼치는 인물이라는 말이 솔직히 믿기지가 않았다.

천산은 상하이시 관계자들과도 통역 없이 중국어로 이야기를 나누고 있었다.

그때 같은 테이블에 함께 앉은 한 인물이 나를 보며 물었다.

"그쪽 회사는 사장이나 임원이 오지 않아나 보네? 사원을 보낸 걸 보니."

설명회에 참석한 대다수의 사람들은 회사 대표나 임원들이었다.

상대적으로 어려 보이는 나에게 반말 투로 말을 던진 것이다. 늘 한국에서 겪는 일이기는 했다.

그의 목에 걸린 이름표에는 국내 유명 아동복을 만드는 회사 이름이 적혀 있었고 그 아래로 상무 직책과 이름이 쓰여 있었다.

내가 목에 건 이름표가 뒤집혀 있어 잘 보지 못한 이유도 있었지만 처음 본 나를 향해 던진 말투가 마음에 들지 않았다.

"후후! 그렇게 말입니다. 그쪽 회사도 대표가 참석하지 않았네요."

말을 하면서 나는 이름표를 바로 했다. 명찰에는 블루오션의 이름과 함께 대표이사라는 호칭이 명확하게 적혀 있었다.

내 이름표를 확인한 인물은 놀란 눈을 한 채 말을 하지 못했다.

그도 그럴 것이 블루오션은 요즘 들어 언론에 계속 오르내리고 있었다. 더구나 이 설명회에는 일정 규모 이상의 매출이나 기술력이 있지 않으면 참석할 수조차 없었다.

나는 간단한 식사를 마치고는 자리에서 일어나 명성전자로 돌아가려고 설명회장을 나섰다.

우연인지 대산그룹의 이대수 회장과 천산이란 노인도 그룹관계자들의 배웅을 받으며 설명회장을 떠나고 있었다.

그때였다.

이대수 회장의 옆에 있던 필립스코리아의 박명준이 나를 불러 세웠다.

"강 대표님, 잠시만요."

그의 말에 나는 걸음을 멈추었다.

"회장님, 요새 무선호출기 시장에서 돌풍을 일으키고 있는 블루오션의 강태수 대표입니다."

박명준은 나를 이대수 회장에게 소개하였다.

"아, 우리 박 사장을 힘들게 하고 있는 분이시구만. 반갑습니다, 이대수입니다."

이대수는 나에게 손을 내밀며 악수를 청해왔다.

"강태수라고 합니다."

"하하하! 듣던 대로 정말 젊으십니다."

이대수는 내 손을 잡으며 재미있다는 듯 웃음을 토해냈다.

그때 오른편에 있던 천산이 내 모습을 위아래로 천천히 뜯어보며 한마디 말을 던졌다.

"정말 기이한 기운을 가진 젊은이로군."

천산의 말에 대산그룹 관계자들 모두가 순간 나에게로 이목을 쏠렸다. 지금껏 천산이 이러한 말을 뱉은 적이 없었기 때문이었다.

"어르신께서도 관심이 있으신 것 같습니다."

이대수도 천산의 말에 호기심이 동했다.

"나에게 태어난 때와 시간을 말해줄 수 있겠나?"

천산이라 불리는 노인의 뜻밖의 말에 나는 무척 당황스러웠다. 내가 순간 머뭇거리자 박명준이 나서서 말을 했다.

"어르신께서 이렇게 말하는 것은 흔치 않은 기회입니다. 말해주시면 앞으로 도움이 되실 말씀을 해주실 것입니다."

그의 말처럼 대산그룹 관계자들의 눈빛이 나를 부러운 듯 쳐다보았다.

'이 노인이 누구이길래 이럴까? 뭐 태어난 때를 말해주어도 나쁠 건 없겠지.'

"음력으로 72년 3월 14일생이고 태어난 시는 오전 9시 40분경으로 알고 있습니다."

나는 천산이 원하는 바를 말해주었다. 그러자 천산은 눈을 감은 채 잠시 뭔가를 골똘히 생각하는 모습이었다.

그러고는 갑자기 나를 향해 호통을 쳤다.

"이놈! 나를 놀리는 것이냐? 남의 사주를 말하다니."

'이 노인이 미쳤나? 제대로 이야기했는데 남의 사주라니.'

"남의 사주가 아니라 제가 태어난 날과 시간을 말한 것입니다."

그러자 천산은 갑자기 나의 오른손과 왼손을 동시에 잡아챘다. 마치 손금을 보는 듯 양 손바닥을 번갈아가며 뚫어지라 쳐다보았다.

"허허! 이럴 수가, 이건 이치에 맞지 않는 일이야."

알 듯 모를 듯한 천산의 말에 대산그룹 관계자들이 무척이나 궁금한 표정들을 짓고 있었다.

나 또한 천산이 말한 의미가 무척 궁금했다.

"제게 무슨 문제라도 있습니까?"

나는 범상치 않은 모습의 천산에게 조심스럽게 물었다.

그는 나를 다시 한 번 뚫어지게 쳐다보며 입을 열었다.

"사람의 형체와 용모는 타고나는 것인데, 오직 초인(超

人)이라야 타고난 형체와 용모를 그대로 실현할 수 있지. 한데 자네는 그러한 인물이 아닌데도 왜 초인과 같은 능력을 갖추고 있을까?"

천산의 말은 숨겨진 내 모습을 벌거벗게 만드는 말을 했다. 마치 나에 대해 뭔가를 알고 있는 듯한 모습이었다.

"사람이 배우지 않아도 할 수 있는 것은 타고난 능력이 다르고, 생각하지 않아도 아는 것은 타고난 지능이 다르기 때문이지. 이러한 것을 통해 초인(超人)과 범부(凡夫)를 구분한다네. 자네 사주와 타고난 본모습에서 드러난 증거는 분명 보통 사람일 뿐인데, 지금 보여주는 모습과 능력은 그걸 넘어서고 있어. 뭔지는 모르겠지만 내가 알고 있는 이치에는 전혀 맞지 않는 일이야. 나에게 숨기는 것이라도 있는가?"

'일반적인 관상쟁이가 아닌가 보네. 손을 잡았을 때도 뭔지는 모르겠지만 뜨거운 기운이 느껴지는 것 같기도 했었는데……'

"무슨 말씀인지 저는 잘 모르겠습니다. 저는 평범한 보통 사람일 뿐입니다."

나는 강렬한 눈빛을 내뿜는 천산의 눈을 피하지 않고 마주 보며 말했다.

"하하하! 자넨 보통 사람이 어떤 뜻인지 알고 말하는 건가? 어떤 것을 행하면서도 왜 이렇게 해야 하는지를 이해하지 못하고, 어떤 것에 익숙해 있으면서도 그 까닭을 알지 못한 채, 일생 동안 그것을 따라가면서도 나아갈 바를 전혀 알지 못하는 사람을 보통사람이라고 한다네. 내 생각이 맞는다면 자넨 타고난 운명이 너무 틀어진 것 같아. 원래의 자리로 돌아가지 않는다면 자네는 타고난 천수(天壽)를 누리지 못할 것이네. 하여간 정말 이런 재미있는 일도 있군, 하하하!"

천산은 평범하지 않은 말을 마친 후에 큰 웃음을 토하며 발걸음을 옮겼다. 그러자 함께했던 대산그룹 관계자들도 고개를 갸우뚱하며 천산의 뒤를 따랐다.

"다음에 또 뵙겠습니다."

"예, 안녕히 가십시오."

박명준만이 나에게 인사를 건네며 빠르게 발걸음을 옮겼다.

"이거 뭐라고 해야 할지. 저 노인이 정말 나에 대해 알고 말하는 것이었나?"

그냥 지나치기에는 천산의 말이 절대로 평범하지가 않았다. 더구나 내 운명이 틀어졌다는 거와 그로 인해 원래의 수명을 다 누리지 못한다는 말이 머릿속을 맴돌았다.

고급 리무진에 천산과 함께 올라탄 대산그룹의 이대수 회장은 궁금했던 점을 물었다.

"방금 그 젊은이에게서 뭔가 다른 점이라도 보셨습니까?"

"예, 무엇이 그 친구의 기상(氣像)을 변화시켰는지는 모르겠지만 타고난 운명대로라면 아주 평범한 인생에 지나지 않습니다. 한데 지금은 타고난 운명이 심하게 바뀌어 그의 타고난 형체와 기운까지 한순간에 바뀐 상태입니다."

"타고나길 평범하게 태어난 인물이 한순간에 범상치 않은 인물로 운명이 바뀔 수가 있습니까?"

"아니요, 쉽지 않습니다. 쉽지 않은 것이 아니라 거의 불가능하다고 봐야 합니다. 누구나 쉽게 운명을 바꿀 수 있다고 말하지만, 개인의 운명은 대다수가 하늘이 정해준 대로 흘러갑니다. 물론 그렇지 않은 인물도 존재하지만 그들은 타고난 능력과 지능이 보통 사람과는 확연히 차이가 납니다. 그래서 하늘이 부여한 능력과 지능을 동시에 가진 인물을 초인이라고 부르지요. 하지만 범상치 않은 인물들 대다수가 능력과 지능 둘 중 하나만을 가지고 태어납니다."

"그렇습니까. 그럼 저는 무얼 가지고 태어난 것입니까?"

"회장님은 능력을 가지고 태어나셨습니다."

천산은 서슴없이 말했다.

"그럼 그 친구는 능력도 없고 지능도 지니지 못한 채 태어났는데도 초인과 같은 인물이라는 말입니까?"

"그것이 참으로 이상한 점입니다. 지금껏 제가 배우고 알게 된 세상의 이치와는 부합하지 않는 인물이었습니다. 제가 천문(天文)을 깨닫고 세상사를 조금 꿰뚫어 볼 수 있다고는 하지만 하늘의 섭리는 인간이 헤아리지 못하는 뜻으로 나타날 때도 있습니다. 그 친구를 조금은 지켜봐야 알 수 있을 것 같습니다."

천산의 말에 이대수는 이해가 된다는 듯이 고개를 끄덕였다. 세상사를 누구보다 정확하게 꿰뚫어보는 천산이라도 모르는 것이 있을 수 있었다.

그것이 오히려 이대수는 좋은 일이라 생각되었다. 그 말은 곧 천산의 말이 백 퍼센트 진리는 아니라는 뜻이었다.

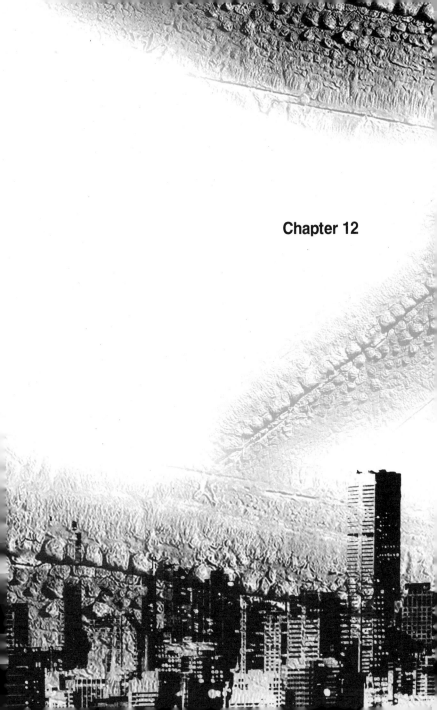

Chapter 12

　명선전자로 돌아와 업무보고를 받을 때였다. 회사로 지역구 국회의원 보좌관이 찾아왔다.

　올해 3월 거물급 야당정치인을 물리치고 처음 국회의원이 된 김병중 국회의원의 보좌관이었다.

　야당정치인의 비리가 터지지 않았다면 김병중은 국회의원에 당선되지 못했을 것이다.

　나는 그를 만나고 싶지 않았지만 그가 명성전자를 찾은 것은 이번만이 아니었다.

　이번이 세 번째 방문이었고 전화도 여러 번 걸려왔다고

했다. 그를 만나지 않으면 계속해서 회사를 방문할 것만 같다는 생각에 대표실에서 그를 맞이했다.

"안녕하십니까? 김병중 의원님의 보좌관 박수종이라고 합니다."

박수종은 나에게 인사와 함께 명함을 내밀었다. 그는 삼십 대 중반 정도의 나이로 보였다.

명함에는 5급 비서관 박수종이라는 이름이 적혀 있었다. 현재 14대 국회의원에게는 4·5·6·7·9급 5명의 보좌진을 둘 권한이 있으며 이에 대한 급여가 국고에서 지원된다. 이들은 모두 입법부에 속한 별정직 공무원이다.

국회의원 4급 보좌관은 월평균 2백 8만 원, 5급 비서관은 1백 63만 원, 6급은 월평균 1백 13만 원 정도를 받는다.

4급과 5급 보좌진 임명과 면직은 국회의장이, 6급 이하는 국회 사무총장 승인을 받아 이뤄진다. 그러나 실제 생사여탈권은 국회의원에게 있다. 임용은 물론 면직도 의원이 마음먹기에 따를 뿐이었다.

"한데 무슨 일 때문이십니까?"

국회의원 비서관이 명성전자를 찾아올 이유가 없다고 생각했다.

그는 나를 보자 순간 움찔했다. 자신이 생각했던 나이가 든 대표이사가 아니었던 것이다.

"다름이 아니라 이번에 관내에 있는 기업들과 주민이 함께 참여하여 불우이웃을 돕는 음악회를 개최하려고 합니다."

"예, 그런데요?"

충분히 그가 전달하고자 하는 말을 이해할 수 있었다. 음악회에 대한 찬조금을 요청하러 온 것이 분명했다.

"하하! 명성전자가 요새 잘나간다는 소리도 있고 해서 협조 좀 부탁하러 왔습니다."

'후후! 기업의 힘으로 음악회를 열어 생색내기를 하겠다는 건데.'

마음에 들지 않았다. 차라리 음악회가 아닌 어려운 이웃에게 직접적인 도움을 주는 것이 나았다.

아마도 공단 내 기업에게서 음악회에 초청장을 보내어 음악회에서 참석한 기업에게 성금을 걷거나 아예 행사 자금을 요청하는 것이었다.

"어떤 협조 말씀입니까?"

"음악회를 개최하자면 가수나 음악가들을 초청해야 하는데 그게 맨입으로 되지 않는 일이지 않습니까. 김병중 의원님의 역량으로 몇몇 분들은 무보수로 참여하기로 했는데, 그래도 좀 비중 있는 분들을 초청하려면 행사 자금도 좀 필요하고 해서 협조를 부탁하러 왔습니다."

"제가 어떻게 해드리면 되겠습니까?"

"예, 말씀드린 대로 행사 진행 자금으로 오백만 원만 찬조해 주십시오."

"예, 얼마라고요?"

순간 내가 잘못 들어나 생각했다. 백만 원 정도는 구내 행사의 취지로 협조할 생각이었다.

"하하! 명성전자 정도 되는 규모의 회사에서 오백만 원은 그다지 어려운 금액은 아니라고 생각합니다. 구로공단 내에서도 명성전자의 명성이 자자하던데요."

'얼마나 대단하게 음악회를 열려고 하는 거야? 명성전자만 돈을 협찬하는 것이 아닐 건데.'

"그렇게 말씀하시는 근거가 어디에 있는지는 모르겠지만, 저희는 그 정도의 돈을 협찬할 만큼의 회사는 못됩니다."

물론 충분히 가능한 금액이었다. 하지만 그 돈으로 직접 불우이웃을 돕는 것이 현실적으로 나았다.

"하하하! 김병중 의원님이 뜻을 갖고 구내에서 벌이는 행사입니다. 협조해 주시면 제가 김 의원님께 명성전자에 관해서 잘 말씀드리겠습니다."

"제 말뜻을 잘 이해하지 못하시는 것 같습니다. 저희는 그 정도의 돈은 협조해 드리지 못하고, 한 백만 원 정도는 가능할 것 같습니다."

내 말에 박수종은 인상이 구겨졌다.

"정말 젊은 대표님이 쩨쩨하게 나오십니다. 구로공단 내에서도 이 정도의 시설이 잘 갖추어진 회사는 드문데 말입니다. 회사가 돈을 잘 벌고 있으면 두루두루 불우한 이웃을 돕는 일에 나서야 하는 것 아닙니까?"

"예, 말씀대로 매달 직원들과 함께 정기적으로 구로구 내에 거주하는 독거노인과 결손가정의 아동을 돕고 있습니다. 선심용으로 보여주기식 일회성의 일은 아예 진행하지 않습니다."

명성전자와 블루오션은 구로구에서 살아가는 독거노인과 결손가정의 아동들을 대상으로 쌀과 부식 그리고 학용품을 매달 전달했다.

"하하! 잘하고 계시네요. 불우이웃은 계속해서 돕는 것이 맞는 일이지요. 그럼 정 부담이 되시면 삼백만 원만 협조해 주십시오."

박수종은 크게 선심을 쓴다는 듯이 말을 했다.

"말씀드린 대로 백만 원 정도는 가능합니다."

"허 참, 정말 젊은 분이 말귀를 못 알아들으십니다. 좋은 게 좋은 것 아닙니까, 제가 김 의원님께 잘 말씀드리겠습니다."

"뭘 말씀드린다는 것인지 저는 잘 모르겠습니다."

이전부터 이러한 일을 하는 국회의원과 정치인들에게는 왠지 정이 가지 않았다.

"허! 정말 젊은 분이 꽉 막히셨네. 알겠습니다, 명성전자는 협조하지 않는 걸로 의원님께 전하겠습니다."

박수종도 내 말에 화가 나는지 자리를 박차고 일어났다.

"저는 분명히 협조를 하지 않는다고는 하지 않았습니다. 회사에 맞는 찬조금을 말한 것뿐입니다. 그게 마음에 들지 않으시다면 그냥 가셔도 됩니다."

"하하! 정말, 세상 물정을 너무 모르시는 분이시네. 명성전자가 지금처럼 잘나가는지 두고 봅시다."

박수종은 말을 마친 후에 그대로 대표실을 박차고 나갔다.

나는 그런 박수종을 잡지 않았다. 아니 일방적인 형태의 모습에 김병중 의원의 인물됨이 어떨지 충분히 알 수 있었다.

굳이 나는 국회의원이나 정치인들과 부닥치고 싶은 생각이 없었다. 하지만 회사가 사람들 입에 오르내리고 커지자 내 의지와 상관없이 부닥칠 수밖에 없었다.

*　　　*　　　*

5급 비서관은 박수종이 돌아가고 며칠 후에 구청 건축과에서 신고가 들어왔다며 명성전자를 찾아왔다.

그러고는 명성전자가 새롭게 꾸몄던 직원 휴게실과 기숙사에 대해 불법적인 건축 조항이 포함되었다며 원상 복구를 요구하는 시정명령을 내렸다.

시정기간 내에 시정명령을 응하지 않으면 불법건축물에 부과하는 이행강제금을 징수하겠다고 말했다.

처음 건축단계에서부터 완공까지 아무런 문제가 없었던 건축물들이었다.

직원들의 편의를 위해서 만들어진 것들이었고 딱히 불법건축물에 해당하기에도 모호한 부분이 있었다.

구청에서 요구하는 대로 작업을 진행하면 상당한 돈과 시간이 필요했다. 더구나 직원들의 불편함이 가장 컸다.

공장시설을 관리하는 정진형 과장이 이와 관련되어 내게 보고를 했다.

"확실히 불법건축물에 해당하는 상황입니까?"

"그게 좀 애매한 부분이 있습니다. 어떻게 보느냐에 따라서 달라질 수 있습니다. 그리고 대부분 이러한 경우일 때는 주택가도 아니기 때문에 관례상 그냥 넘어갔습니다. 더구나 이미 완공해서 사용한 지 반년이 넘은 상황에서 별것 아닌 걸로 건축과에서 트집을 잡는 게 좀 이상합니다. 주변에 저희보다 심한 공장이 대다수입니다."

정진형 과장의 말처럼 주변 공장에는 눈에 보일 정도로 드러난 불법건축물들이 있었지만, 구청 건축과에서 유독 명성전자만 콕 집어서 시정명령을 내린다는 것이 이상했다.

"구청 건축과에는 그런 상황을 이야기해 보셨습니까?"

"예, 이야기를 해도 신고 때문이라는 말로 회피만 했습니다. 한데 저에게 지나가는 말로 '자기들도 이 문제로 난감하다며 그쪽에 신경 좀 쓰시지 그러셨어요' 라는 말을 했었습니다. 제가 느끼기에는 누군가 구청 건축과에 압력을 행사하는 것 같았습니다."

정진형 과장의 말에 누가 이 일을 주도했는지를 알 수 있었다.

"알았습니다. 제가 한 번 더 알아보겠습니다."

정진형 과장이 나가자 나는 곧장 고문변호사인 주현노에게 전화를 걸어 지금 일어난 일에 대해 설명했다.

그러자 주현노 변호사는 바로 구청 건축과에서 제기한 불법건축물 시정명령서에 대한 소송을 제기했다.

나는 거기에 머물지 않았다. 안기부의 박영철 차장에게 전화를 넣어 만나기로 약속을 잡았다.

작은 힘을 얻은 자가 그 힘을 올바른 곳에 쓰지 않는다면 나는 더 큰 힘으로 상대할 생각이었다.

사업을 진행하면서 느끼는 것은 점점 어려운 상황들을 나 홀로 해결할 수 없어진다는 것이다.

그러한 점이 한국에서 더 많이 느껴진다는 것이 씁쓸했다.

한국에서는 권력이나 돈에 연관되지 않으면 해결할 수 없는 일들이 많아지고 있었다.

특히나 조그마한 권력을 쥐게 되면 그것이 특권인 양 힘 없는 사람에게 군림하려는 특성을 가진 사람들이 많아진다는 것도 문제였다.

그들을 상대하고 일을 처리하기 위해서는 어쩔 수 없이 정보와 힘을 가진 사람의 도움이 필요했다.

박영철 차장과 남산에 위치한 한 호텔 커피숍에서 만났다.

"하하! 무슨 일이 있으시길래 먼저 전화를 다 주셨습니까?"

내가 먼저 전화를 한 것에 대해 그는 꽤 흥미를 느끼는 것 같았다.

"제가 부탁드릴 일이 좀 있습니다. 러시아에서보다 한국에서 사업하기가 더 힘이 드네요."

내가 푸념 섞인 말을 하자 박영철은 바로 관심을 드러냈다.

"무슨 일이 있으십니까?"

"사업적인 일이라면 제가 해결하겠는데 그렇지 못한 일이 있었습니다. 저희 구로구에서 이번에 당선된 김병중 국회의원의 5급 비서관인 박수종이라는 사람이… 그 이유에 구청과 소방서에서 안전관리라는 명목하에 찾아와서는 회사 업무에 차질을 주고 있습니다."

박영철을 만나기로 약속한 전날에도 소방서에서 뜬금없이 명성전자를 방문했었다.

"나라에 전혀 도움이 되지 않는 버러지 같은 존재들입니다. 국민을 위해 일을 해야 하는 놈들이 오히려 국민의 피를 빠는 비열한 짓거리에 나서다니, 정말 기가 차는 일입니다. 제가 처리해 드리겠습니다."

박영철은 이 일에 나보다 더 분노하는 것 같았다.

"어떻게 하실 것입니까?"

"제가 이래 봬도 이 나라에서는 힘을 좀 쓸 수 있습니다. 강 대표님께 찾아와 무릎을 꿇게 하겠습니다."

"그렇게까지 하지 않으셔도 됩니다. 저는 불필요한 일로 시간 낭비를 하고 싶지 않은 것뿐입니다."

솔직히 박영철의 말처럼 하고 싶은 마음도 있었다.

"단순하게 상대했다가는 오히려 역풍을 맞습니다. 그런 놈들을 아주 철저하게 밟아주어야 더는 그런 일을 함부로 벌이지 않습니다. 그리고 이참에 강 대표님도 인맥을 좀 만들어놓으시지요."

박영철이 뜻밖의 제안을 했다.

"인맥이라니요? 그게 무슨 말씀이신지요?"

박영철이 나에게 이런 말을 하는 의중이 궁금했다.

"강 대표님에게 도움을 줄 수 있는 사람들과 친분을 쌓으시라는 것입니다. 이 나라에서는 무슨 일을 하든 인맥의 힘을 무시할 수 없습니까요."

박영철의 말은 틀린 말이 아니었다. 우리나라뿐만 아니라 전 세계에 통용되는 말이었다.

러시아에서 내가 받은 특별한 대우도 러시아의 최고 권력자와의 친분에서 나오는 힘이 컸다.

"무슨 말씀인지 잘 알겠습니다. 하지만 전 불의한 일은 하고 싶지 않습니다."

"친분을 맺는 것은 불의한 일이 아닙니다. 옳지 않은 일을 부탁하거나 받아들일 때가 문제이지요. 아니시면 앞으로 강 대표님께 도움을 줄 수 있는 사람들을 키워보시는 것 어떻습니까? 지금 당장 강 대표님께 도움을 줄 수는 없지만 멀지 않은 장래에 힘이 되어줄 수 있는 사람들을 말입니다."

박영철의 말이 내 머리를 때렸다.

'바른 생각과 올바른 뜻을 가진 사람을 후원한다면 이 나라도 조금은 바뀌지 않을까? 어쩌면 그들을 통해서 나 또한 도움을 받고 도움을 주는 관계를 맺는다면……'

"제가 경제적으로 후원한다는 것입니까?"

"하하! 그렇습니다. 저도 말입니다, 이 나라가 좀 더 나은 방향으로 흘러가길 바라는 사람 중의 하나입니다. 이 나라의 녹을 먹으면서 볼꼴 못 볼꼴을 다 겪어 보니, 이 나라가 지금처럼 흘러가면 불행한 나라가 될 것이라는 확신이 들었습니다. 제 자녀들을 위해서라도 그러한 것들을 조금이라도 바꾸었으면 하는 바람입니다."

박영철은 대한민국에 있는 누구보다 많은 정보를 알고 있기 때문인지 아니면 일반 사람은 전혀 알 수 없는 이 나라의 잘못된 치부를 알고 있어서인지 이전에 내게 보여주지 않았던 말들을 뱉었다.

그의 말처럼 앞으로의 사회는 지금보다 더욱 삭막하고 먹고 살아가기가 힘든 상황으로 바뀌어 갔다.

내가 스스로 돌이킬 수 없는 길을 선택하게 되었을 때의 사회 분위기는 한마디로 참담했다.

80~90년대처럼 대학을 졸업하면 쉽게 취업이 이루어지는 시기가 아니었다.

젊은이들은 대학을 졸업하자마자 입시보다 더 어려워진 취업 전쟁에 끼어들어야 했고, 취업을 한다 해도 여러 가지 좋지 않은 상황들로 인해서 결혼조차 쉽게 할 수 없을 정도로 경제적인 어려움이 지속하는 사회가 되었다.

더구나 부모님의 도움 없이는 내 집 마련은 물론 전셋집조차 쉽게 구하기도 힘들어진 사회상이 연출되었다.

어느 순간부터인지 미래에 대한 꿈과 희망이 점점 사라져 버린 나라로 바뀌어 버린 곳이 대한민국이었다.

또한 사회지도층과 나라의 녹을 먹는 국가공무원들의 비리가 연일 언론에 오르내렸다.

마치 대한민국에 살아가는 대다수의 사람들이 약속이나 한 것처럼 돈을 목적으로 내달렸다.

이러한 사회 분위기로 바뀌게 된 그 첫 번째 요인이 IMF 경제위기였다.

지금까지 알고 있었던 경제관념들과 사회의식을 송두리째 바뀌게 한 그때가 미래에 대한 불행의 싹을 더욱 커지게 하였다.

'모든 것은 한순간에 이루어지지는 않았다. 이 나라를 잘못된 길로 인도한 어리석은 사람들과 불의한 세력 때

문에······.'

"제가 어떻게 하면 되겠습니까?"

"관심이 있으시다면 제가 의식 있고 깨어 있는 인물들을 소개해 드리겠습니다. 한때 그들을 감시하는 일을 했었는데 제가 볼 때는 이 나라에 꼭 필요한 인물입니다. 힘이 없는 그들을 중앙정계로 진출시켜서 제 목소리를 낼 수 있게 만드는 것이 1차 목표라고 할 수 있습니다. 그러고 나서 그들을 통해서 국민의 관심과 지지를 이끌어내어 진정 이 나라에 필요한 일들을 하게 만드는 것입니다."

"한데 그들이 저희의 생각에 동참하거나 도움을 받으려고 하겠습니까? 어떤 분인지는 모르지만, 신념이 확고한 분들이라면 고집스러운 면이 있을 텐데요."

경제적인 지원이나 후원을 한다고 해도 서로의 생각이 맞고 목표가 부합되어야 힘을 발휘할 수 있었다.

"말씀대로 자신이 가진 신념을 폭력과 억압에도 굴복하지 않은 고집스러운 인물들이 대다수입니다. 당연히 설득이 필요하고 이해를 시켜야 합니다. 그들을 통해 이 나라를 변혁해야 하지만, 너무 급격한 변혁은 그에 따른 부작용 또한 만만치 않습니다. 저는 단지 대한민국이 좀 더 상식이 통하는 나라가 되었으면 하는 바람일 뿐입니다. 그걸 권력을 가진 위에서부터 바꿔 나가야지 아래에서부터 따라오라고 하면 반발만 있을 뿐입니다."

박영철은 생각했던 것보다 유연한 생각을 갖고 있었다.

"말씀을 들어보니 단기간 내에는 이룰 수 없는 일인 것 같습니다."

"물론 단기간에는 이룰 수 없는 일이지요. 그래서 강 대표님 같은 분이 필요합니다. 지금 강 대표님이 이루어내신 일은 제가 아무리 생각해 보아도 도저히 믿기지가 않습니다. 더구나 앞으로 20년의 세월이 흘러간다 해도 강 대표님의 나이는 사십 대밖에는 되지 않습니다. 그때 강 대표님은 어떤 위치에 서 계실 것 같습니까?"

'20년 후라……'

지금의 내 모습을 20년의 후까지 생각해 보지 못했다.

박영철의 말처럼 일반사람이 생각했을 때에 내가 만들어 가고 있는 사업들은 믿을 수 없는 일이었다.

2년이란 시간 동안 이루어낸 일은 나조차도 믿기지 않을 때가 많았다. 어쩌면 20년이 지난 후에는 전 세계로 진출한 회사들을 순례하면서 세계경영을 하고 있을지도 모른다.

"무슨 말씀인지 알겠습니다. 가능할지는 모르지만 제가 뜻이 있는 사람들을 모아 키워 나가도록 하겠습니다. 박 차장님께서 저를 도와주십시오."

그의 말이 맞다. 시간은 나의 편이었고, 지금처럼만 사업이 진행되어 나간다면 대한민국에서 누구보다 많은 돈을 벌 수 있었다.

지금도 남들보다 뛰어난 능력과 충분한 돈을 소유하고 있었다.

"물론 제가 적극적으로 도울 것입니다. 단 정말 이 나라에 도움이 되는 일에 한해서입니다."

박영철은 내가 생각했던 것보다 대한민국을 사랑하는 사람이었다.

"물론입니다. 저는 사람들이 사람답게 살아갈 수 있는 나라가 될 수 있게 힘을 보탤 것입니다. 지금까지 그러한 마음으로 사업을 해왔습니다."

"하하하! 저도 잘 알고 있습니다. 대표님이 가지고 계신 회사의 직원들이 어떤 대우와 환경 속에서 일하고 있는지를 잘 알고 있습니다."

"그런 것까지 조사하신 것입니까?"

"강 대표님에 관해서는 꼼꼼하게 조사했어야 했으니까요. 그러지 않았다면 저는 이런 이야기를 함부로 대표님께 꺼낼 수 없었을 것입니다."

그의 말은 틀린 말은 아니었다. 안기부에 근무하는 사람의 입에서 쉽게 나올 말은 절대 아니다.

나중에야 안 일이었지만 박영철은 독립유공자의 후손이

었다.

안기부의 박영철 차장과 만난 후, 얼마 지나지 않아 구청 건축과를 책임지고 있는 과장이 나를 만나러 급하게 명성전자를 방문했다.

"저희 직원들이 뭔가를 잘못 알고서 일을 진행한 것 같습니다. 일을 담당했던 직원은 지방으로 전근 조처되었고, 불법건축물 지정도 해제시켰습니다, 저희에게 걸었던 소송을 좀 취하에 주시면 정말 감사하겠습니다."

건축과 과장은 내게 머리를 조아리며 부탁했다. 어떻게 된 일인지 알 수는 없었지만, 박영철 차장이 일을 진행한 것이 분명했다.

명성전자 담당 직원이 구청을 몇 번이나 찾아갔었지만, 건축과의 담당 직원은 원리적인 이야기만 할 뿐 요지부동이었다.

한데 갑자기 명성전자 내 건물을 불법건축물로 지정했던 구청 건축과의 직원에게 전근 조처가 내려졌고, 불법건축물로 지정되었던 건물도 해제되었다는 말을 건축과 과장이 직접 전하러 온 것이다.

"처음부터 문제가 없는 건물을 불법건축물로 지정한 것은 무슨 이유였습니까?"

"해당 직원이 큰 착각을 한 것 같습니다. 제가 제대로 파악하지 못한 점은 사과드리겠습니다. 다 저의 불찰입니다."

건축과 과장은 다시 한 번 고개를 숙였다. 무슨 일 있었는지는 모르지만, 무척이나 날 어려워하는 모습이었다.

"원상태로 되었다면 소송은 취하하겠습니다. 하지만 다시 한 번 같은 일이 반복될 때에는 오늘 같지는 않을 것입니다."

"물론입니다, 정말 감사드립니다. 앞으로 명성전자와 관련된 일은 구청에서도 적극적으로 돕겠습니다."

40대 초반으로 보이는 건축과 과장은 다시금 고개를 숙이며 감사를 표하며 돌아갔다.

그리고 몇 시간 되지 않아 약속이나 한 것처럼 이번에는 구로소방서장이 회사로 찾아왔다.

소방서장 또한 구로구청 건축과 과장이 했던 것처럼 나에게 머리 숙여 사과했다.

"저희 직원이 착각을 하고서 진행한 일이었습니다. 해당 직원들은 비리가 밝혀져 면직(공무원 신분을 해제시키는 임용행위) 처리되었습니다. 명성전자의 소방안전시설에는 아무런 문제가 없습니다."

"정말 궁금하네요. 구청 분들과 소방서장님까지 이렇게

다들 갑작스럽게 회사를 방문하셔서 저에게 사과들을 하시는 말입니다."

내 말에 소방서장은 난감한 표정을 지었다. 면직이 된 소방공무원에게 명령을 내린 사람이 바로 자신이었다. 그 또한 김병중 국회의원 비서관의 부탁을 받고 움직였었다.

한데 갑작스럽게 명성전자를 방문했던 소방공무원 둘은 소방안전관리검사와 관련되어 뇌물 혐의가 드러나 면직 처리가 되었다.

또한 명성전자를 담당했던 구청 건축과의 직원 또한 건축물 준공과 관련된 뇌물 혐의가 드러나 6개월 감봉과 함께 지방으로 좌천되었다. 수수한 금액이 적은 관계로 면직 처리는 되지 않았다.

모든 걸 우연이라고 보기에는 뭔가 이상했기에 소방서장이 직접 명성전자를 찾은 것이다.

더구나 자신에게 일을 부탁한 박수종 국회의원 비서관 또한 국회의원 선거와 관련된 뇌물수수 혐의로 경찰에 조사를 받고 있었다. 자칫 불똥이 김병중 국회의원으로 튀게 된다면 의원직 박탈까지 가능한 사건이었다.

몇몇 신문사에도 이 사건을 다루기 시작했다.

"정말 대표님을 몰라뵈고 어리석은 일을 저질렀습니다. 다시는 이러한 일이 없을 것입니다. 한 번만 용서해 주십시오."

사십 대 중반의 소방서장은 고개를 구십 도로 숙이며 간절한 표정을 지었다.

나를 건드린 대가가 너무 컸고 잘못하면 자신의 위치도 잘못될 수 있었다.

'어떻게 된 일인지는 모르겠지만, 박영철 차장이 일 하나는 확실하게 했네.'

"제가 용서하고 자시고 하는 부분은 아닌 것 같습니다. 나라의 공무원이라는 분들이 불합리한 일을 한다는 것이 안타까울 뿐입니다. 이번 일은 그냥 넘어가겠지만, 다음에는 우리 회사가 받은 손해를 그대로 돌려드리겠습니다."

"감사합니다. 두 번 다시는 그러한 일이 없을 것입니다."

구로 소방서장이 거듭 인사를 하고 돌아가자마자 이번에는 김병중 의원에게서 전화가 걸려왔다.

『변혁 1990』 15권에 계속…

초대형 24시 만화방

신간 100%, 샤워실, 흡연실, 수면실(침대석), 커플석, 세탁기 완비

▪ 일산 정발산역점 ▪

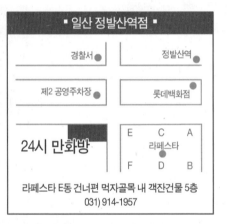

라페스타 E동 건너편 먹자골목 내 객잔건물 5층
031) 914-1957

▪ 강북 노원역점 ▪

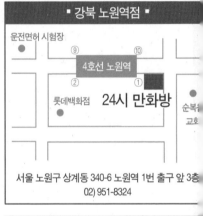

서울 노원구 상계동 340-6 노원역 1번 출구 앞 3층
02) 951-8324

▪ 부천 역곡역점 ▪

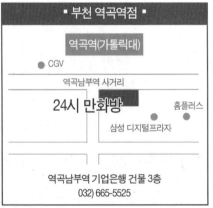

역곡남부역 기업은행 건물 3층
032) 665-5525

▪ 부평역점 ▪

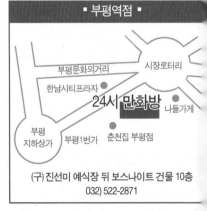

(구)진선미 예식장 뒤 보스나이트 건물 10층
032) 522-2871

현대 소환술사

THE MODERN SUMMONER

FUSION FANTASTIC STORY

현윤 퓨전 판타지 소설

하늘이 무너져도 솟아날 구멍은 있다!

드래곤의 실험으로 모진 고난을 겪어야 했던 레비로식
우여곡절 끝에 소환술사가 되어 최강의 자리에 오르지만
운명은 그를 나락으로 떨어뜨린다.

『현대 소환술사』

다시 한 번 주어진 삶!
그러나 그마저도 암울하기 그지없는데……

소환술사 레비로스의
인생 역전이 시작된다!

Book Publishing CHUNGEORAM

윤전이 아닌 자유추구
WWW.chungeoram.com

가프 장편 소설

관상왕의
1번룸

FUSION FANTASTIC STORY

거대한 도시의 그늘에서 벌어지는
짜릿하고 통쾌한 이야기!

『관상왕의 1번룸』

텐프로의 진상 처리 담당, 홍 부장.
절망적인 삶의 끝에서 만난 남국의 바다는
그를 새로운 인생으로 인도하는데…….

쾌락을 원하는 거부, 성공에 목마른 사업가,
그리고 실패로 절망한 사람들이여.

여기, 관상왕의 1번룸으로 오라!

Book Publishing CHUNGEORAM

유행이 아닌 자유추구 -
WWW. chungeoram.com

FUSION FANTASTIC STORY

미더라 장편 소설

ODD LAWYER

Devil's Balance

괴짜 변호사
악마의 저울

『즐거운 인생』 미더라 작가의
2015년 대작!

현직 변호사, 형사, 프로파일러, 범죄심리학 전문가 자문으로
현장의 생생함을 그대로 담아낸 현대 판타지!

『괴짜 변호사 : 악마의 저울』

"제가 왜 한 번도 패소한 적이 없는 줄 아십니까?"

"……"

"저는 법으로만 싸우지 않거든요."

법의 칼날 위에서 춤추는 자들과의
치열한 공방이 펼쳐진다!

Book Publishing CHUNGEORAM

유행이 아닌 자유추구 -
WWW.chungeoram.com

월야환담

채월야 · 홍정훈 장편 소설

"미친 달의 세계에 온 것을 환영한다!"

서울을 중심으로 펼쳐지는 뱀파이어, 그리고 뱀파이어 사냥꾼들의 이야기!
한국형 판타지의 신화, 월야환담 시리즈 애장판
그 첫 번째 채월야!

Book Publishing CHUNGEORAM

유행이 아닌 자유추구 -
WWW.chungeoram.com

며운 장편 소설

FUSION FANTASTIC STORY

전공
삼국지

一國
志

2세기 말 중국 대륙.
역사상 가장 치열했던 쟁패(爭覇)의
시기가 열린다!

중국 고대문학을 공부하던 전도형,
술 마시고 일어나니 도겸의 둘째 아들이 되었다?

조조는 아비의 원수를 갚으러 쳐들어오고
유비는 서주를 빼앗으려 기회만 노리는데…….

"역시 옛사람들은 순수하다니까.
　유비가 어설픈 연기로도 성공한 데는 다 이유가 있지, 암."

**때로는 군자처럼, 때로는 효웅처럼!
도형이 보여주는 난세를 살아가는 법!**

Book Publishing CHUNGEORAM

유행이 아닌 자유추구 -
WWW.chungeoram.com

FUSION FANTASTIC STORY

비츄 장편소설

올 스탯
슬레이어

강해지고 싶은 자, 스탯을 올려라!

『올 스탯 슬레이어』

갑작스런 몬스터의 출현으로 급변한 세계.
그리고 등장한 슬레이어.

[유현석 님은 슬레이어로 선택되었습니다.]

"미친… 내가 아직도 꿈을 꾸나?"

권태로움에 빠져 있던 그가…

"뭐냐 너?"
"글쎄. 나도 예상은 못했는데, 한 방에 죽네."

슬레이어로 각성하다!

Book Publishing CHUNGEORAM

유행이 아닌 자유추구 -
WWW. chungeoram.com